KB049271

일러두기

- 단행본 제목은 겹화살괄호, 중단편소설은 홑화살괄호로 묶어 구분했습니다.
- 외국 인명과 지명의 표기는 국립국어원의 외래어표기법에 준했으나 도스토옙스키 작품 속 인명과 지명은 해당 도서의 표기에 따랐습니다.
- 인용 구절의 띄어쓰기와 맞춤법은 오늘의 문법에 맞게 수정했습니다.
- 반복적으로 등장하는 인용 도서는 도서명을 제외한 도서 정보를 생략했습니다.

어느 날 그의 책이
날 건지러 왔다

난데없이 도스토옙스키

도제희 지음

샘터

난데없이 도스토옙스키

초가을이었다. 말 그대로 회사 문을 박차고 나왔을 때는 뭇 직장인이 고대한 열흘 연속 휴일을 3일 앞두고 있었다. 언성을 높이며 대표와 박 터지게 싸우고 나온 직후치고 이상하게 마음이 차분했지만, 참담한 기분이 드는 건 어쩔 수 없었다. 터덜터덜 단골 카페로 가 왠지 몸과 마음을 안정시켜 줄 듯한 아이스 페퍼민트차를 '원샷'하며 생각했다. 이제 어쩌지? 퇴사가 유행이라곤 하지만 이런 식의 퇴사는 해 본 적도, 상상해 본 적도 없는데?

1년 만에 어렵게 재취업한 회사였다. 면접 자리에서 만약 내게 결혼과 출산 계획이 있다면 취업하지 못했을 것임을 충분히 암시한 곳이기도 했다. 나는 그런 유의 부당함을 어느 정도 감수하리라 결심했던 터였기에 그곳을 마지막 이직처로 삼을 참이었다. 그 회사는 규모는 작지만 신제품으로 가파른 상승세를 타고 있어서 나름 전도유망해 보였고, 나란 사람은 이 바닥에서 나름 산전수전 다 겪은 몸이라고 생각했다. 늘 그랬듯이 금세 적응할 수 있으리라 믿었다. 착각이었다. 직장 생활 14년 차에 그 어느 때보다 쾌속으로 퇴사했다.

며칠간 그 회사와 대표를 힘껏 증오했다. 퇴사했다는 소식에 놀라는 친구들에게 한 소리 하고 한 소리 또 하며 경영진이 어느 정도로 한심한 작자들인지 말했다. 의미 없는 증오의 릴레이를 이어 간 끝에 나는 굉장히 차분해져 있었다. 가장 짧게 일한 곳이어서인지, 증오도 금세 과거가 되었다.

문득, 참으로 오랜만에 도스토옙스키를 읽고 싶어졌다.

스물세 살 봄이었다. 나는 서울 부촌의 아이들에게 영어 회화를 가르치러 다니며 도스토옙스키를 읽었다. 동부이촌동에서 유명 트로트 가수 손자의 영어 혐오증을 덜어내 주고, 한남동에서 내 애드리브를 재미있어하던 영어 천재 소녀에게 바보 같은 발음으로 웃음을 안겨 주고, 또 그와 비슷한 형편의 예닐곱 명의 아이들에게 오가며 가방 한 구석에서 도스토옙스키의 《까라마조프 씨네 형제들》, 《죄와 벌》, 《미성년》을 꺼내 읽었다. 아마도, 나는 일이 끝나면 옥탑방으로 가야 하는 처지이기는 해도 무려 도스토옙스키를 읽는 사람이라고, 과외 따위는 생계 수단일 뿐이라고 자위하고 싶었던 것 같다. 그때의 나는 까라마조프 씨네 차남 이반과 많이 닮아 있었다. 마치 자신은 난봉꾼인 아버지와는 사뭇 다른 사람인 양 냉소와 지성을 앞세우는 이반처럼 '정신 승리' 하고 싶었던 것 같다.

그렇게 해서 승리하였느냐? 딱히 그렇지도 않았다. 줄거리를 완전히 이해하지도 못한 채 현실 도피하듯 단지 읽는 행위에 그쳤고, 그놈의 과외는 석 달을 겨우 넘겼을 때 그만뒀다. 한국말도 잘 못하는 28개월짜리 유아부터 심리 치료를 받아야 할 판국에 영어 교육을 받는 아동까지 다양한 학생을 만나는 과외를 어느 날 갑자기 그만뒀다. 내 일이 떳떳하게 느껴지지 않아서였다.

과감한 과외 중단은 월세와 등록금을 걱정하는 휴학생의 현실을 실감시켜 주었다. 내 손에 남은 거라곤 시뻘건 표지로 불온한 분위기를 한껏 자랑하는 도스토옙스키 책뿐이었다.

그리고 15여 년 뒤 가을, 재직 반년을 못 채우고 무작정 퇴사한 내가 삶 한구석에 초라하게 서 있었다. 도스토옙스키를 떠올린 건 우연이 아니었던 셈이다. 나는 더는 월세 걱정을 할 필요가 없는 전셋집 거주자였지만 퇴직 선물로 얻은 간단한 수술 치료를 받으며 머리맡에 도스토옙스키의 《까라마조프 씨네 형제들》을 두었다. 그러고는 아픈 줄도 모르고 읽어 나갔다, 고 하면 순 뻥이고 읽지도 않을 책을 쓸데없이 가져왔다는 구박을 보호자에게 듣다가 퇴원 후에야 조금씩 읽어 나갔다.

말하자면 이 글은 내가 난데없이 도스토옙스키를 다시 읽으며 불안정한 시기를 되돌아본 기록이며, 왜 나는 여전히 삶에 미숙한지를 점검해 본 사사로운 글이다. 동시에, 불안정해서 자신이 불완전하게 느껴지는 청장년 시기를 살아가는 이들이라면 한 번쯤 느껴 봤을 만한 보편적인 이야기이기도 하다.

그렇다면 이런 평범한 얘기를 독자들이 읽어야 할 이유는 뭘까? 나는 도스토엡스키가 자신의 마지막 작품 《까라마조프 씨네 형제들》의 글머리에 호기롭게 써 내려간 말을 빌려 답하고 싶다.

> 그가 결코 위대한 인물이 아니라는 사실을 나 자신은 잘 알고 있다. 그래서 (…) '독자인 내가 그의 생애의 행적들을 연구하는 데 왜 시간을 낭비해야 하는가?' 따위의 필연적인 의문들을 예견하고 있다. (…) 이 결정적인 마지막 의문에 대해 나는 이렇게

대답할 수 있을 뿐이다. '아마도 당신은 소설 속에서 스스로 찾게 될 것입니다.'[1)]

아마도 당신은 이 에세이 속에서 그 답을 찾게 될 것이다.

○○○

1) 《까라마조프 씨네 형제들》, 이대우 옮김, 열린책들, 2009년

차례

까라마조프 씨네 형제들

표도르

드미뜨리

이반

알렉세이

조시마 장로

까쩨리나

무작정 퇴사한 날
필요한 사람

그때 확실히 알았다.

'나는 살아 있는 인간이구나.'

그게 언제냐 하면 막 퇴사한 전 직장에서 난생처음 대표와 소리 지르며 싸웠을 때다. 대표는 내 자리 파티션을 붙잡고 소리쳤다.

"네가 비로소 숨겨 놨던 발톱을 드러내는구나!"

발톱이라.

발톱을 언제 깎았기에 이렇게 자꾸 양말에 '빵꾸'가 나는지 헤아려 보았다, 면 좋았겠지만 나는 발톱 대신 심각하게 요동치는 심박수를 헤아리며, 내가 살아 있는 인간이란 사실을 온몸으로 인지했다. 쿵 소리가 나도록 처닫고 나온 사무실 출입문 틈으로 대표가 내지르는 고함 소리가 들려왔다.

한낮 대로변은 익숙한 거리인데도 낯설게 느껴졌다. 어둠의 자식처럼 지하로 숨어들어 전철에 몸을 실었다. 마음 둘 곳이 필요했다. 동네에 도착해 우선 단골 카페에 자리를 잡고 앉았다. 웃어야 할지 울어야 할지 몰라 한참을 멍하니 있었다. '황'이 떠올랐다. 그녀가 근무 중이라는 걸 알았지만 전화를 걸었다.

"쓰레기군요."

수화기 너머의 황은 그렇게 말했다. 내가 두서없이 지껄이는 말에 예상대로 "세상에, 저런, 아니, 그럴 수가, 잘했어요" 같은 추임새를 넣으며 나를 진정시키고 있었다. 나는 점차 차분해졌다.

이 사람, 황. 그녀는 대체 어떤 사람인가.

황으로 말하자면, 내가 아무리 헛소리를 지껄여도 우선 고개를 끄덕여 주는 데다, 불의 앞에서 강력하게 분노하는 반골 기질이 있으며, 그럼에도 나와 마찬가지로 생계 노동으로 하루하루를 보내느라 고군분투하는 평범한 사람이다. 특이한 점은 언젠가 내가 쓴 잡문을 보고는 잊을 만하면 뭐라도 써야 한다고 말해 준 거의 유일한 친구라는 것.

뚜루루루
세상에
아니, 그럴 수가
어쨌든
잘했어
정말 잘했어!

이상한 일이었다. 학창 시절 백일장 한번 나가 본 적이 없던 나는 그녀의 착실한 학생처럼 정말 뭐라도 써야 할 듯했고, 칭찬을 들어서였는지 나 역시 그녀가 하는 일은 그게 뭐든 응원하는 마음을 품게 되었다.

그래서 둘이 절친하냐고 묻는다면, 글쎄 나 혼자 친밀하다고 말해도 되나 망설이게 된다. 우린 예와 의를 갖추는 사이니 말이다.

예전 직장에서 만난 그녀는 나와 나이도, 소속된 팀도 달랐다. 여느 여자 친구들이 그러듯 같이 쇼핑을 다니지도 않고, 시시콜콜 전화로 대화하지도 않았다. 나는 황이 어떤 음식을 좋아하는지, 어디 지병은 없는지, 가족 관계는 평안한지, 성장 과정에서 트라우마나 남다른 성취가 있었는지도 잘 모른다. 물어본 적이 없기 때문이다. 우리는 약 10년째 1년에 두어 번쯤 만나 적당한 데에 들어가 밥을 먹고 차를 마시면서 직장 얘기나 감명 깊게 읽은 소설 이야기를 하다가 헤어진다. 그런데도 나는 그때 황에게 전화를 했다.

그녀는 내게 까라마조프 씨네 막내 알렉세이 같은 존재였던 것이다.

알렉세이는 도스토옙스키의 여러 작품에 등장하는 이름

이지만 그중 대표를 꼽으라면 역시 그의 마지막 작품 《까라마조프 씨네 형제들》의 알렉세이를 들어야겠다. 까라마조프 씨네 막내아들이자 참으로 비현실적이어서 기이하게 다가오는 캐릭터. 모두의 벗이자, 형제 같은 사람. 남녀노소 불문, 한 번이라도 그를 만나면 금세 사랑하게 만드는 마성의 남자. 누군가를 어떤 이유로도 비난하지 않으며, 그가 모든 이의 말을 진심으로 받아들인다는 사실을 믿게 만드는 사람. 그렇기에 부도덕하기 짝이 없는 그의 혈육들도 알렉세이만은 자신들과 다른 카테고리에 넣는다. 그러곤 모두 그에게 고백하고, 이해받길 원한다.

가장 먼저 그의 아버지 표도르. 첫째 부인의 재산을 온갖 방법으로 빼돌려 졸부가 된 것으로도 모자라 세상 모든 사람에게 갖가지 치욕감을 주는 데에서 큰 즐거움을 느끼는 인간이다. 심지어 큰아들과 한 여자를 두고 육탄전을 벌이기도 한다. 표도르는 어느 날 알렉세이에게 묻는다. 다른 사람들처럼 너도 나를 어릿광대라고 생각하느냐고. 알렉세이가 아니라고 답하자 그는 봄눈 녹듯 마음이 풀린다.

"네가 그런 믿음을 갖고 있고, 또 진정으로 말하고

있다는 것을 나도 믿는다. 진실된 마음으로 날 바라보고 또 이야기하고 있으니까."

"그 이야기를 꺼낸 사람이 네가 아니라 이반이었다면, 난 참지 못하고 화를 벌컥 냈을 거다. 너하고 있을 때만 유쾌한 시간을 보내게 되거든. 난 그런 사악한 인간이란다."[2]

다음은 장남 드미뜨리. 자유분방한 이성 관계를 즐기는 여성에게 마음을 홀딱 빼앗겨 약혼자를 배신한다. 아버지를 빼닮아 오늘 당장 부친을 살해해도 이상하지 않을 만큼 폭력성이 꿈틀거리는 위험인물이다. 드미뜨리는 알렉세이에게 약혼자를 배신하게 된 과정을 고백하기 전 이렇게 말한다.

"내 동생아, 이제 나는 모든 이야기를 다 털어놓을 생각이다. (…) 하늘에 있는 천사한테는 벌써 이야기했지만 지상에 있는 천사에게도 이야기해야만

○○○

2) 《까라마조프 씨네 형제들》

하겠다. 그런데 네가 바로 지상의 천사 아니겠니. 이야기를 들어 보고 잘 판단한 다음 나를 용서해 주렴……. 나는 훌륭한 사람으로부터 용서를 받아야만 해."[3]

그다음 차남 이반. 까칠한 무신론자에 회의주의자. 철저한 논리와 이론으로 무장한 그이지만 결국 형에게 배신당한 약혼녀를 마음에 두고서 술을 푸는 평범한 남자일 뿐이다. 이반이 그간 소원하게 지냈던 알렉세이(알료샤)에게 하는 말이다.

"너하고 친하게 지내고 싶단 말이다, 알료샤. 왜냐하면 난 친구가 없어서 그렇게 해 보고 싶은 거야."[4]

마지막으로, 드미뜨리에게 배신당했지만 이반에게 구애받고 있는 까쩨리나. 그녀마저도 막내 알렉세이에게는 특별함을 느낀다. 까쩨리나는 배신감에 치를 떨다가 우아함을

○○○

3) 위의 책

4) 위의 책

잃어버린 상황에서 알렉세이의 의견이 어떠한지를 중요시한다.

> "내가 그토록 당신을 기다렸던 것은 오로지 당신한테서만 모든 진실을 들을 수 있기 때문이에요. 정말이지 다른 사람들한테는 불가능해요!"[5]

고민에 빠져 있거나 문제를 일으키는 인물들이 알렉세이를 그토록 신뢰하고 사랑하는 이유는 뭘까? 까닭은 간단하다. 그들의 말을 있는 그대로 믿어 줄뿐더러 단죄하지 않기 때문이다.

헛 하고 웃음이 났다. 아무리 소설이라도 그렇지 말이야, 그런 사람이 세상에 어디 있나? 누구도 재단하지 않으며 타인이 어떤 미숙한 언행을 저질러도 비난하지 않는 사람, 그래서 존재 자체만으로도 타인에게 위로가 되는 그런 사람이 정말 세상에 존재한다고?

존재한다.

○○○

5) 위의 책

물론 세상 모든 사람에게 그렇게 공명정대한 이는 없을 것이다. 인간은 하나같이 졸렬하다가도 품격 있어지고, 저급하다가도 고상해지는 아주 불완전한 존재 아닌가. 하지만 적어도 내게만은 그렇게 대해 주는 사람이 존재하기도 한다.

2017년 9월, 청명한 어느 가을날 저녁 5시. 나락으로 떨어지는 심경을 끌어 올리려 황의 전화번호를 찾던 나는 차마 입으론 하지 못할 말들을 숨기고 있었다. 장남 드미뜨리가 막냇동생 알렉세이를 붙들고 오열하며 외친 그 말이었다.

> "친구, 친구여, 나는 굴욕에, 지금 굴욕에 빠져 있단다. 인간은 이 세상에서 참고 지내야 할 것이 엄청나게 많아, 엄청나게 많은 불행이 그 앞에 놓여 있는 거야!"[6]

○○○

6) 위의 책

전화번호와 통화 버튼을 누르자 곧 나는 수화기 너머로 19세기 제정러시아 시대에 살았던 알렉세이를 21세기 서울 서대문구로 불러낼 수 있었다. 황은 이렇게 정리했다.

“너무 잘했어요. 제희 씨가 못 해 먹겠다는 생각이 들었다면, 거긴 정말 그런 데일 뿐이죠. 유능함을 발휘하기에 그곳은 너무 수준이 낮다는 말이에요. 시스템, 자금력, 인력 뭐 하나 받쳐 주는 게 없잖아요.”

나는 고개를 주억거렸다. 그녀의 말이 모두 옳아서가 아니라 역시나 내가 예상한 대로 내 말을 그대로 받아 주어서. 고작 그런 것 때문에 회사를 뛰쳐나왔냐고, 요즘 취업하기가 얼마나 힘든데 아마추어처럼 그랬냐고 말하지 않으리라는 내 믿음대로 말해 주어서. 사람은 원래 제가 듣고 싶은 말만 듣고 싶어 하지 않는가. 원하던 말을 실컷 듣고 나면 결국 진실을 실토하기도 하는 법이다.

“근데 나, 왜 이 나이 되도록 이렇게 참을성이 없는 거죠. 상사나 사장 들은 대개 그렇게 뭘 모르고 탐욕스러운 건데, 그걸 못 참네요, 맨날. 갈수록 더 못 참아. 아 인제 또 뭐 해 먹고사냔 말이지.”

황은 별 이상한 말을 다 듣겠다며 깔깔깔 웃었다.

"당연히 훨씬 안정적이고 체계적인 데로 취업해야죠. 100세 시대에 벌써 일 그만둘 거예요? 자, 어서 돈 벌 궁리를 하세요!"

모르기는 해도 황 역시 살면서 누군가를 재단하기도 하고, 어느 순간 치사해지기도 하고, 때로는 성급한 비난도 할 것이다. 그 완벽해 보였던 알렉세이도 스승의 죽음 앞에서 일탈을 했다. 하지만 일탈 현장에서도 결국 그가 그 외에 다른 존재가 될 수 없었듯, 황이 설령 타인을 비난하고 치사해졌대도 그렇게 할 만한 이유가 있었으리라 믿는다. 내가 하는 말을 있는 그대로 받아들이는 사람, 나의 미숙한 세상살이를 낮잡아 보지 않는 사람, 그래서 어느 순간 거짓이나 허세 따위 집어치우고 진심을 말하게 하는 사람. 그런 사람이 있다면, 누구나 자신만의 알렉세이를 곁에 두고 있다고 말할 수 있지 않을까.

하지만 내게는 큰 숙제가 남아 있었다. 차마 버릴 수 없는 것들이 사무실 책상 위에 그대로 놓여 있었다. 가져와야 했다. 마음이 무거워져 자리에서 일어서려고 할 때, 전화벨이 울렸다. 나의 동거인이었다.

"어디야?"

"나 동넨데."

그는 사뭇 놀란 목소리로 왜 이 시간에 동네에 있느냐고 물었다. 그도 그럴 것이 시간은 저녁 6시 30분이었고, '칼퇴'가 무엇인지 모르고 살았던 나는 평일 그 시간에 동네에 있던 적이 없었기 때문이다. 나는 이유를 간략히 설명해 주었다. 수화기 너머로 환호하는 소리가 들려왔다.

"아주 잘했어! 멋있어! 그래, 진즉에 내가 그러라고 했잖아!"

뭐야, 세상에 알렉세이가 왜 이렇게 많아.

아, 또 서른이냐?

회사를 그만두고 얼마 후 고민의 순간이 찾아왔다.

'이런, 쉴 새도 없이 여기저기서 날 스카우트하고 싶어 하는군. 어디로 간다?'

'자, 이제 동남아로 갈까 유럽으로 갈까? 그냥 확 세계 일주? 으하하하.'

물론 이런 꿈같은 고민은 아니었다. 관계에 대한 소소한 고민이었다. 불과 지난달, 지난주까지 함께 일했던 동료들에게 연락이 온다. 너무 갑작스레 그만뒀기에 이렇다 할 작별의 시간이 없기는 했지만…… 우리는 약 6개월간 함께 일한 사이. 경직된 회사 분위기 탓인지 동료들과 이렇다 할 대화도 나누지 못했다. 잠시 고민이 됐다.

'이 사람들을 만나 뭐 하지?'

'이 사람들은 굳이 나를 왜 만나고 싶어 할까?'

부정하지 않겠다. 나는 관계에서 계산적인 사람이다. 직장처럼 특정 공간에서 관계를 맺는 동안에는 신의를 저버리지 않고 잘 지내려 하지만 오래 이어지지 않을 관계 같으면 그것으로 마무리 짓는다.

처음부터 이런 사람은 아니었다. 사회생활을 시작하고서도 한동안 나를 부르는 자리를 웬만해서는 마다하지 않았다. 관계 맺기에 소극적인 편이고, 왁자지껄 다수가 모인 자리를 좋아하지도 않았지만, 별 고민 없이 나섰다. 말 그대로 별생각이 없었다. 사람에 대한 취향도, 이런저런 상황을 복잡하게 고려하지도 않았기에 현 동료들, 전 동료들, 친구, 친구의 친구를 그냥 만났다.

한마디로 관계에서 무취향이던 시절이었는데, 그만큼 순수하기도 했던 시기다. 다만 나는 그런 상태에서 맺은 관계에도 이러저러한 많은 에너지를 쏟았다. 지쳐 갔다.

점차 나란 사람이 어떤 성향의 사람을 좋아하고 싫어하는지, 어떤 자리가 유쾌하고 불편한지 알게 되었고, 누구와 오래가고 금세 지지부진해질지도 짐작할 수 있게 되었다.

어느 순간 사람과 자리를 가려 가며 참석했다. 관계가 단출해져 갔다. 그게 언제부터였을까 곰곰 생각해 보니, 서른 즈음이었다.

음……, 아, 또…… 서른이냐?

각종 교양·심리학서에서 우려먹고 우려먹는 서른. 나는 이 서른을 두고 유난한 감정을 호소하는 이들을 보면서 솔직히 냉소했다. 우주의 나이를 생각해 봐라 이것들아. 내심 시간의 흐름에 초연한 자신이 대견스럽기도 했다.

아니, 그런데?

도스토옙스키도 《까라마조프 씨네 형제들》에서 이놈의 '서른'을 우려먹고 있었다. 그것도 소설 속에서 합리적이고도 회의적인 사고의 대표 주자인 그 댁 둘째 아들 이반 까라마조프(23세)가 말이다. 이럴 수가. 왠지 모를 배신감이 밀려왔다.

이반은 비통에 젖어 동생 알렉세이(19세)에게 말한다.

> "난 여기 앉아서 이런 생각을 하고 있었지. 내가 지금 인생에 대한 신념을 잃고 사랑하는 여인에 대한 신의가 흔들리며 (…) 어쩌면 악마의 카오스 같

은 상태에 놓였다고 굳게 믿으며 인간적 환멸의 모든 공포에 충격을 받는다고 할지라도, 나는 살기를 원할 것이며, 일단 그 술잔에 입을 댄 이상 그걸 모두 마셔 버리기 전에는 입을 떼지 않겠다라고 말이야! 그런데 서른 살까지는 틀림없이 그 술잔을 내던지고 떠날 거야. (…) 어디로 갈지는 나도 몰라. 하지만 내 나이 서른 살까지는 확실히 그걸 알게 될 거고, 내 젊음은 그 모든 것을, 모든 환멸, 삶에 대한 모든 혐오감을 극복할 거야."[7]

형의 약혼녀 까쩨리나를 사랑한 이반은, 그녀가 형에게 버림받았음에도 자신의 구애에 오케이 사인을 보여 주지 않자 낙담한다. 그러고는 어디론가 떠나기로 결심하는데, 그 전날 술집에서 병나발을 불며 동생 알렉세이에게 주정을 하고 있었던 것이다…… 이렇게 말하면 이놈의 서른 타령을 간단히 무시할 수 있겠지만 안타깝게도 주정이 아니다. 이반은 술을 마시면서도 자신의 무신론적인 사상을 강렬한

○○○

7) 《까라마조프 씨네 형제들》

서사시로 전개해 수도사 알렉세이를 동요시키기도 한다.

웃음이 났다. 아니, 서른이 무슨 요술 램프도 아닌데, 살다가 궁금한 게 생길 때 서른까지 기다리면 답이 뚝딱 나오고, 알코올의존자는 서른부터 술만 마시면 막 알레르기 생기는 체질로 바뀌고, 삶에 대한 모든 마이너스 감정도 서른엔 플러스 감정이 되고 그러는 거냐? 앙?

더욱이 이반은 동생 알렉세이가 자신에게 '방탕에 빠져 부패 속에서 영혼을 질식시키려는 것이냐'고 묻자 이렇게 말한다.

> "그럴 수도 있겠지. 하지만 그것은…… 단지 서른까지만 그럴 뿐이고 나중에는 거기에서 빠져나올 거야."[8)]

이쯤 되니 서른이란 나이를 재고해 봐야겠구나, 많은 사람이 30이란 숫자에 특별한 의미를 부여하는 건 다 이유가 있겠구나 싶었는데, 모처럼 영특하게도 소설이 쓰인 19세기

○○○

8) 위의 책

나의 진화 과정

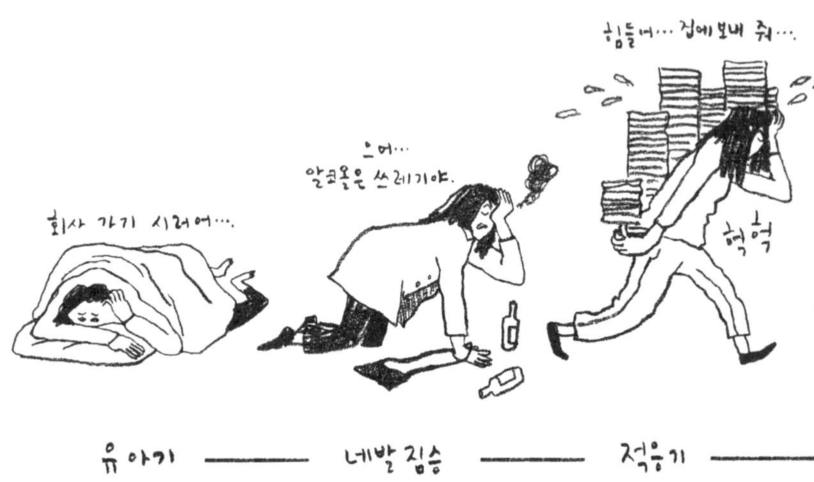

의 서른과 21세기의 서른이 과연 같다고 할 수 있을지 의문이 들었다. 서둘러 자료를 찾아보았다. 오호라.

19세기 전 세계인의 평균수명은 30세였다.

그렇다면 2013년 WHO가 발표한 세계인의 평균수명은? 무려 70세(남 68, 여 72). 게다 한국인의 평균수명은 81세[9](남 77, 여 84). 또 다른 자료에 따르면 19세기 유럽인의 최장 수명은 65세.[10]

정체기 —— 서른!

자, 이제 산수를 해 보자. 19세기에서 21세기로 넘어오면서 평균수명이 무려 40년 이상 연장되었다. 한국인 기준으로 50년이다. 19세기 유럽인의 최장 수명을 기준으로 한다고 해도 최소 7년, 한국인 기준으로는 19년이 연장된 셈이

○○○

9) 《인간에 대하여 과학이 말해준 것들》, 장대익, 바다출판사, 2013년
10) 《미국의 소리》 한국어 방송, 2010년 2월 6일, '[숫자로 보는 세계] 평균수명 높은 나라 통계'

다. 60년을 산 도스토옙스키가 말한 서른과 평균 81세까지 사는 한국인의 서른은 같을 수 없다. 도스토옙스키의 또 다른 작품 〈가난한 사람들〉만 보아도 주인공 마까르 제부쉬낀은 자신을 계속 '이 늙은이', '저 같은 노인'이라고 칭한다. 물론 47세가량의 그가 상대에게 감정을 호소하느라 과장하는 표현이기도 하지만 당시 세계인 평균수명이 30세였음을 감안하면 저런 표현도 무리는 아니다.

말하자면, 사람들이 평균수명을 고려하지 않은 채 관습적으로 서른이라는 나이에 지나친 의미를 부여하는 것 아닐까? 즉 현대인의 서른 타령은 평균수명이 압도적으로 늘어난 21세기에 적합하지 않다고, 나이 문제로 센티해지고 싶다면 이제 시대 흐름에 맞게 마흔 타령으로 바꾸자고 이 연사 강력하게 주장하는 바이다.

이렇게 정리하며 서른을 주제로 한 모두 이슈를 간단히 무시하고 싶지만 그게 그렇게 간단한 문제가 아니다. 여전히 의문이 든다. 서른이든, 마흔이든 특정 나이대가 인간의 삶에서 전환점이 되는 건 맞지 않을까? 요술 램프까지는 아니더라도 분명 어느 시기를 전후로 인간이 현명해지고 비교적 확고해지는 게 아닐까?

어느 정도는 맞는 듯하다. 나만 해도 관계를 단출하게 맺기 시작한 시기가 서른 즈음 아니었나. 관계뿐이 아니었다. 아무리 수명이 길어졌대도 30대에 이르러 생기는 신체적 변화는 200년 전이든 현재든 여전해서 삶을 바라보는 여러 관점에 변화를 주기 시작했다. "서른 살이라니 말도 안 돼, 으흐흑" 하는 주변 사람들을 냉소적으로 본 나는 외려 생의 전환기에 대한 이해가 부족한 사람이었다.

마음과 달리 나는 전 직장 동료들과 함께 식사를 했다. 내 머리는 분명 이 관계는 금세 끝날 거라고 말했다. 사무실을 나올 때 이 회사와 관계된 이들을 다시 만날 일은 없으리라고, 우리가 맺은 관계가 이 정도일 뿐이라고 생각했다. 따라서 현명하게 거절하는 편이 내 삶의 방식에 맞는다고 머리가 쾌속으로 수다를 떨었다. 그런데도 그들과 만났다. 그들의 식사 제안이 따뜻하게 느껴졌기 때문이다.

아마도 그들은 이렇다 할 동료애를 쌓기도 전에 공공의 적과 싸우고 나간 나에게, 약자였기에 불리할 수밖에 없는 싸움을 한 나에게 연대의 마음을 표현하고 싶었던 것 같다. 더불어 일하는 동안 서로 최소한의 신의를 저버리지 않았던 데 대한 다행스러움을 공유하고 싶었던 것 같다.

식사 자리는 유쾌했다. 설령 금세 잊히는 관계면 어떤가. 그건 그것대로 충분히 좋은 것이었다.

직장 생활의 우선순위

사람은 왜 일을 할까? 아니 정확히는, 사람은 왜 직장인이 될까?

바보 같은 질문이다. 당연히 먹고살기 위해 직장 생활을 한다. 생계를 유지하자면 돈이 필요하고, 경제활동의 가장 보편적 방법은 직장인이 되는 것이다. 물론 그 방법은 다양해서 직접 만든 창작품을 팔 수도, 회사를 차릴 수도, 반백수 프리랜서를 자처할 수도 있다. 혹은 자급자족할 수도, 타고난 복이 많아 무위도식할 수도 있다. 다만 대다수 보통의 존재는 조직의 일부가 되어 노동을 하고, 그에 대한 대가로 급여를 받아 예측 가능한 삶을 설계하고자 한다. 이건 거의 루틴(routine)에 가깝다.

하지만 이 루틴이 깨지는 순간이 온다. 명령이 먹히지 않아 갑자기 모든 게 뒤엉켜 버린다. 마치 노동은 노예나 하는 저주받은 행동이며, 영혼을 타락시키는 행위라고 격하했던 고대 그리스 귀족이라도 된 양, 갑자기 일의 의미를 잃는다. 여러 가지 계기 중 하나를 꼽자면, 불쾌한 과정을 거쳐 퇴사를 할 때다.

그때가 되면 다시 자문하고 자답하게 된다. 나는 왜 일을 하는가? 돈을 벌기 위해서지. 왜 돈을 벌어야 하지? 생계를 유지하고 사람 노릇 좀 하기 위해서지. 꼭 직장만이 답일까? 지금의 나에겐 그렇지. 그렇다면 내 직장 생활의 우선순위는 뭐지? 뭐긴 뭐야, 안정적인 수입이라니까.

따라서 나는 계속 열심히 일했다. 이대로만 산다면 예측 가능한 인생을 살 수 있을 듯했다. 직장에서 웃음이 필요한 상황이라면 적당히 웃고, 때로 거짓이라도 귀에 듣기 좋은 말도 적당히 하고, 내 할 일을 똑소리 나게 하면 자립적인 삶을 그럭저럭 꾸려 갈 수 있었다.

문제는 그 '적당히'가 잘 안 되는 순간이 꼭 찾아온다는 것이다. 여러 직장을 거치며 내가 일관되게 안 되던 한 가지는 이것이었다. 성격이 까칠해서 상사를 불편하게 한다. 느릿한 말투, 겸손한 희망 연봉, 얼핏 순해 보이는 인상에 내가 유순한 사람이리라 추측했던 상사들은 어느 순간 마치 사기당한 듯한 표정을 지어 보이곤 했다.

지난 직장에서도 마찬가지였다. 나는 최대한 미소와 평심을 잃지 않으면서, 오로지 급여를 생각하며 길게 일할 참이었으나, 결국 직장 생활 통틀어 가장 빨리, 가장 과격한 의사소통인 싸움을 거쳐 그만두게 되었다. 대표가 나를 '일'이 아니라 '자신'에게 충실한 사람으로 만들려 하는 모든 시도가 힘들었고, 무엇보다 업무 흐름을 그르치는 그의 판단을 더는 존중할 수가 없었다.

이렇게 말하니까 '오늘만 사는 파이터'라도 된 것 같지만 정말이지 이것은 자랑이 아니다. 프로라면 자신이 가장 중시하는 일을 최우선에 두고 나머지는 과감하게 희생시킬 줄도 알아야 하지 않을까. 정기적인 수입이 그토록 중요했다면 나는 왜 나머지를 희생시키지 못했을까. 즉 왜 나는 상사들에게 유순해지지 못했을까. 아마추어처럼 말이다. 그런 의미에서라면 까라마조프 씨네 두 남자야말로 프로 중의 프로다.

"가능하면 나는 더 오래 살 생각이고, 너는 잘 모르겠지만, 그래서 내겐 한 푼이라도 더 필요한 거란다."

"어쨌거나 나는 아직 사내야. 기껏 쉰다섯밖에 안 됐거든. 그래서 20년은 더 사내 노릇을 하고 싶은데 이렇게 나이를 먹어 가고 또 추해지면 계집들이 제 발로 찾아오지는 않을 거거든. 바로 그때 돈이 필요한 거야. 그래서 지금 나는 나 자신의 앞날을 위해 한 푼 한 푼 모아 두고 있단다. (…) 추악한 세계가 더 달콤하거든."[11)]

이 말은 까라마조프네 가장 표도르가 장남 드미뜨리와 한 여자를 두고 육탄전을 벌인 뒤 막내아들에게 하는 말이다. 인생의 장기 목표가 이렇게 확고하고, 자신만의 우선순위를 이보다 더 뚜렷하게 세울 수 있을까? 이러한 솔직함은 설령 저급한 욕망의 발현이라도 존경심을 자아낸다. 장남 드미뜨리는 어떠한가.

○○○

11) 《까라마조프 씨네 형제들》

> "만일 그녀가 원한다면 당장이라도 결혼할 것이고, 그렇지 않다면 나는 그 집 문지기 노릇이라도 할 거야."
>
> "나는 멈추지 않고 비열한 생각을 실현할 테니 앞으로 네가 증인이 되어 다오."[12]

드미뜨리는 욕망에 충실한 색마라는 점에서, 또한 자기 욕망을 억누르기 위한 노력을 일절 하지 않는다는 점에서 아버지와 '빼박'이다. 자신이 비열한이라는 사실을 받아들이고 약혼녀와의 혼약, 부자지간의 도리, 군인으로서의 명예도 과감하게 버린다. 우선순위를 위해서라면 그 어떤 자조와 비난도 감수한다.

나는 《까라마조프 씨네 형제들》을 읽어 갈수록 장남 드미뜨리에게 매혹되곤 했는데, 그의 난봉꾼 기질 때문이 아니라 자신이 어떤 사람인지 매우 잘 알고 있다는 점 때문이었다. 드미뜨리는 알렉세이에게 말하곤 한다. 자신은 비록 욕망에 사로잡힌 저질스러운 인간이고 비열한 짓을 좋아하

○○○

12) 위의 책

지만 부정직한 인간은 아니라고. 그는 원하는 바에 집요하게 충실한 자신을 객관적으로 볼 줄 알았고, 그런 자신을 솔직하게 내보였다.

십수 년간의 직장 생활에서 내가 저지른 가장 큰 잘못은 내가 어떤 사람인지 모르고 적당히 아무 데에나 들어가 일했단 것이다. 문제 없는 조직은 없다고 생각했으므로, 그야말로 '걸려드는' 데에 입사했는데, 그렇게 입사한 것치고 열과 성을 다해 일했고 어느새 성취감까지 느꼈다. 자연히 좀 더 잘하고 싶어서 많이 노력했다.

그러니까 나는 오로지 급여만을 중시하는 사람은 아니었다. 급여만큼이나 합리적인 업무 환경이 중요한 사람이었다. 그랬기에 수직적인 조직 문화, 무지와 게으름에서 비롯된 비효율적인 업무 체계에 맞닥뜨리면 큰 스트레스를 받았다.

나는 어쩌자고 이렇게 중요한 사실을 이제야 깨달았을까. 진즉에 알았다면, 신중하게 골라 평생직장을 찾았을지도 몰라!

물론 순진한 소리다. 어떻게 입사 면접만으로 회사의 문화와 체계를 다 알 수 있겠는가. 다만 어느 정도 짐작은 할

안 되겠다!
돈이 필요해!
통장
아무 데나 취직
또 대리?
아,
이건 내가
원한 게 아니라구
돈 따위….
일단 퇴사하자

수 있다. 적어도 면접 내용이 '가치 판단'을 다루지 않고 '사실' 중심으로 이루어진다면 최소한 놀랄 노 자라고 말할 만한 상황에 처하지 않을 가능성이 약간은 높아진다. 나를 힘들게 했던 회사들은 면접에서 내게 업무나 경력 중심의 '사실'을 논하는 척하다가도 지극히 주관적인 '가치 판단' 기준을 내세워 이런 말들을 했다.

- 남자 친구가 있나? 애인이 있는 사람이 일도 열정적으로 하거든.
- 결혼했어요? 출산 계획은요? 하긴 요즘엔 다들 잘 안 하지. 일하고 결혼하면 되지 뭐.
- 아버지 직업은 뭐지요? 어이구, 연금 많이 받으시겠네.
- 이력서 사진으로 볼 땐 안 그랬는데 생각보다 자기주장이 강하네요.
- 막내라고? 아쉽네. 장남, 장녀가 책임감이 강하잖아.
- 술 좀 마시나? 한두 잔은 해야 사회생활 하지.

위 질문들 어디에서도 내가 쌓은 경력과 성과를 사실에 기초해 말할 여지는 없었다. 그들은 내가 명문대 출신이 아니라서, 막내라서, 남자 친구가 있어서, 자기주장이 강해서,

술을 못 마셔서 마이너스 점수를 주었다. 생각해 보면 나에게 놀랄 일이었다. 그것들은 모두 내 직장 생활에서의 우선순위를 무시하겠다는 사인이었다.

그런 면에서 나는 까라마조프 씨네 남자들의 '까라마조프적'이라는 표현에 질투를 느꼈다. 그들은 하나같이 까라마조프적이라는 표현을 자조적, 체념적으로 사용한다. 심지어 이지적인 차남 이반마저 어느 순간엔 진심을 말한다.

> "무엇이든 견뎌 낼 정도의 힘은 있어! (…) 까라마조프의…… 까라마조프의 저열한 힘 말이야!"[13]

그러니까 이 말이 까라마조프적 특성을 자랑스러워하는 것처럼 읽혔다. 자신들은 극단적으로 방탕하고 부도덕하며 냉소적인 사람, 혹은 막내 알렉세이처럼 지나치게 종교 생활에 심취해 있는 이상한 사람들이지만, 그러한 특성에 일관되게 충실함으로써 어떤 결과를 내고야 마는 그런 특성을 자랑스러워했던 것은 아닐까? 자신들은 자신만의 우선

○○○

13) 위의 책

순위를 고수할 줄 아는 삶의 프로라고 과시하고 싶었던 것은 아닐까? 실제로 나는 그들이 설령 난봉꾼에 사기꾼이라도, 자신이 어떤 사람인지 모르는 선량한 사람보단 진짜 자기 인생을 살고 있다는 점에서 누구보다 뛰어나 보였고 그래서 질투했다.

자신이 어떤 사람인지 잘 안다는 것, 그것이야말로 프로가 되는 지름길이며 또 그것만큼 인생에 도움이 되는 조건도 없다. 그렇게 산다 해서 모든 일이 잘되진 않겠지만 모른 채 산다면 자신을 더 힘들게 할 선택을 하게 될 것만은 분명하다. 잘 맞지 않은 회사에 아무 문제의식도 없이 입사하고 퇴사하기를 반복했던 나처럼 말이다.

신중함은 무가치한 것

한 아이가 장군의 사냥개에게 돌을 던졌다. 그러자 장군이 아이를 어느 들판에 놓고는 자신의 사냥개들을 풀었다. 아이는 사냥개들에게 물어뜯겨 죽었다. 장군은 어떻게 되었을까?

지금 같으면 청와대 국민청원 게시판에 100만 청원이 올라올 일로, 제아무리 배경이 든든한 특권층이라도 법적 처벌을 받을 사건이다. 하지만 때는 19세기 러시아였고, 이 이야기는 까라마조프 씨네 차남 이반이, 동생 알렉세이를 함정에 빠뜨리기 위해 들려준 일화다.

알렉세이로 말하자면 투철한 기독교 신앙심으로 무장해 그 누구도 증오하거나 단죄하지 않지 않는 인물이었는데 특유의 냉소와 회의주의가 트레이드마크인 이반이 동생의 저런 순수함을 두고 보지 못한 거다.

장군과 사냥개 이야기를 마친 이반이 묻는다. "그자를 어떻게 해야 좋을까? 총살을 시킬까?" 알렉세이는 감정이 격해져 대답한다. "총살을 시켜야죠!" 알렉세이는 과격한 발언을 한 자신에게 놀라 변명한다. "제가 어리석은 이야기를 했군요. 하지만……." 이반이 서둘러 말한다.

> "이봐, 수도사 나리, 어리석음이란 이 지상에 너무나 필요한 것이야. 세상은 어리석음 위에 세워져 있고 그것이 없다면 세상에는 아마 아무 일도 일어나지 않을지 몰라. 우리는 우리가 무엇을 아는지 알고 있는 거라고!"[14]

눈이 번쩍 뜨였다. 어리석음이란 게 세상에 그렇게 필요한 거야? 정말? 나는 아주 큰 위안을 얻었다. 애써 짚어 볼 필요도 없이 내 인생은 어리석음으로 점철돼 있으니 말이다.

○○○

14) 《까라마조프 씨네 형제들》

가장 최근의 어리석은 선택을 꼽자면 역시 지난 직장 퇴사의 순간을 꼽을 수밖에 없다. 이제껏 그랬듯 그냥 좋게 좋게 퇴사할 순 없었을까? 꼭 그렇게 대표와 언성 높여 싸우고, 제대로 된 절차도 밟지 않고서 곧바로 나와야 했을까? 시간이 지나 그날을 떠올리면 분명 불쾌해질 텐데 좀 더 참으면 좋지 않았을까? 상대를 위해서가 아니라 내 정신 건강을 위해서라도 좀 더 신중할 수 없었을까? 마치 "총살을 시켜야죠"라고 흥분했던 알렉세이처럼 꼭 그래야 했을까?

물론 알렉세이가 그렇게 자기 아닌 듯 흥분하는 모습이 어쩐지 위안이 되기도 했다. 이렇게 완벽한 존재도 평심을 잃는데 내가 뭐라고 다 좋게 좋게 마무리할 수 있겠는가! 나 같이 불안정한 인간이 시시로 때때로 흥분하고 화내는 건 어쩌면 당연하지 않을까? 사실 그가 보여 준 의외의 면은 그때가 처음은 아니었다. 정신적 스승, 신자들에게 거의 성인(聖人) 대접을 받았던 조시마 장로가 대중의 기대와 달리 평범한 죽음을 맞이함으로써 온갖 비난을 받게 되자 그토록 투철한 신앙심을 품고 있던 알렉세이는 일탈을 한다. 장로의 시신이 부패하여 냄새를 풍기는 동안 온후함을 잃고선 타인에게 소리를 치는가 하면 수도사 신분으로 한 여성을 무릎에 앉히고 샴페인 잔을 올려 축배를 들기도 한다. 단 한 번도 주변 사람을 실망시킨 적이 없는 알렉세이의 이런 일탈을 두고 소설의 화자는 다음과 같이 말한다.

> 의심할 여지 없이 어떤 젊은이들은 그저 미지근하게 사랑하면서도 너무나 믿음직스러운 지성, 그것도 나이에 비해 매우 신중한(그래서 가치가 없는) 지성을 갖추고 있는데, 그런 젊은이라면 나의 주인공에게 일어났던 일을 피할 수 있었을지도 모른다. 그렇지만 경우에 따라서는 비록 비이성적이고 위대한 사랑 때문에 일어난 것이라 할지라도 또 다른 집착에 매달리는 편이 전혀 매달리지 않는 편보다는 한결 존경스러운 법이다. 젊은 시절에는 더욱 그런 법인데, 언제나 너무 신중한 젊은이는 그다지 희망이 없고 가치도 떨어지기 때문이다.[15]

나는 퇴사 사건 뒤로도 계속해서 '어리석음의 제왕'처럼

○○○

15) 위의 책

굴었다. 프리랜서로 일하면서는 작업비 지급을 계속 미루는 업체에 화가 나 내용증명을 보내겠다고 했다. 꽤 괜찮은 우정을 쌓고 있던 담당자와 나는 그 일로 생판 모르는 사이보다 못한 관계가 되었다. 어리석었다. 현명했다면 좀 더 부드러운 방법으로 원하는 바를 얻어 낼 수 있었을 텐데, 그 일들을 떠올릴 때마다 마음 불편해질 일도 없었을 텐데 그러지 못했다. 다만 내 어리석음은 솔직했고 선명했다.

> "어리석으면 어리석을수록 문제에는 가까이 접근하게 되는 법이니까. 어리석을수록 더 선명해진다는 말이지. 어리석음은 간결하면서도 결코 교활할 수 없는 법이지만, 지성은 요리조리 핑계를 대고 꼬리를 잘 감추지. 지성은 비열하지만, 어리석음은 솔직하고 정직하잖니. 나는 상태를 나의 절망으로까지 몰고 갔으니 어리석게 보일수록 내게는 더욱 도움이 되겠지."[16]

○○○

16) 위의 책

그 어리석음 덕분에 업계에서 여러 가지로 악명이 높았던 전 회사에서 나올 수 있었고, 1년째 지급이 지체되고 있던 작업비를 받을 수도 있었다. "어리석음이란 이 지상에 너무 필요한 것"이라는 이반의 말처럼, 때로는 지성적 판단보다는 비이성적 선택이 우리 인생을 가야 할 곳으로 이끌어 주는지도 모른다. 자신의 선택이 어리석게 느껴질지라도 그 생각과 감정에 충실하다면 그것이 내게 더 큰 이익이 되는 날이 오지 않을까.

다만! 당장은 미래를 알기 어려우니 자신의 어리석음을 일단 발현해 보고 그 뒤의 자괴감을 견뎌야 한다. 나 역시 무작정 사무실을 뛰쳐나왔을 때 이렇게 다시 도스토옙스키를 읽고 글을 쓰게 되리라고는 전혀 생각지 못한 채 자괴하고 또 자괴했다.

잘들 사시길!
스스로
벼랑으로 가다니!
어리석은
짓이야!
자유다!

세입자가 지켜야 할 최후의 보루

독서실, 기숙사, 하숙방, 셰어 하우스, 고시텔, 반지하방, 옥탑방, 원룸, 오피스텔…….

그동안 내가 살았던 방들이다. 십수 년간 세상의 모든 방을 섭렵이라도 할 것처럼 그때그때 경제 형편과 학교, 직장 위치에 따라 살 수 있는 곳에서 살았다. 짧게는 수개월, 길게는 몇 년을 살았던 그 방들을 떠날 때마다 콧잔등이 시큰해졌다. '방콕'의 선두 주자답게, 방에서 굉장히 많은 시간을 보냈기에 계약 만료 시마다 한 시절을 떠나보내는 듯한 기분에 휩싸이곤 했다.

여전히 나는 2년마다 한 번씩 집주인이 나가라고 할 경우를 대비하고 있다. 다만 이제는 '집'을 보러 다니는 형편이면서도 습관적으로 '방'을 보러 다닌다고 한다. 처음엔 방이 무려 세 칸이나 있는 집에서 지내고 있단 사실이 새삼스러워 고작 17평 집을 괜히 막 뛰어다니기도 했다.

첫 직장에 취직했을 때 나는 한 다세대주택의 방 하나를 렌트해서 살았다. 가족 하나 없이 혼자 사는 집주인 아주머니 댁의 작은방에 살면서 거실, 화장실, 주방, 세탁실을 공유했다. 말하자면 우리는 하우스 메이트였다.

반지하와 고시텔, 그도 아니면 여자 셋이 북적대며 지냈던 원룸을 전전하던 나는 신축 빌라의 최대 강점인 깨끗함, 1인 가구 특유의 고요함에 반해 그곳에 입주했다. 뇌졸중으로 몸이 조금 불편한 주인아주머니를 대신해 시장도 봐다 드리고, 그 덕에 고등어구이를 얻어먹기도 하고, 자꾸 깜빡깜빡하는 아주머니에게 이것저것 상기해 드리기도 하고, 함께 드라마를 보기도 하면서 우리는 제법 잘 지냈다.

어느 날이었다. 아주머니가 퇴근해 돌아온 나를 조용히 부르시더니 조심스레 물으셨다.

"너, 혹시…… 내 진주 반지 봤니?"

무슨 말인지 나는 한 번에 이해하지 못했다.

"진주 반지요? 아니요?"

"아니, 내가 맨날 끼고 다니던 진주 반지 있잖아, 그거 어제 텔레비전 앞에 놨는데, 오늘 보니까 없어져서 그래. 솔직하게 말해도 돼. 괜찮아."

그제야 사태의 심각성을 깨달았다. 아주머니가 나를 반지 도둑으로 몰고 있었다. 나는 순식간에 화르르 불타올랐다.

"지금 설마…… 절 도둑으로 생각하시는 거예요?"

아주머니도 더는 조심하지 않았다.

"진주 반지 얘기한 거 너밖에 없어서 그래."

"복지관 수영장에서 잃어버리신 거 아니고요? 어제 수영장 가셨잖아요."

"아니야. 내가 설마 반지를 끼고 물에 들어갔겠어?"

나는 결국 언성을 높이다 나만의 고유한 공간인 작은방으로 들어가 소리 내어 울었다. 경제적으로 독립해야 진짜 어른이라고 생각했던, 스물다섯 살 때의 일이다.

그날 밤 아주머니는 내 방으로 와 사과를 했다. 그 사과는 증거도 없이 의심한 데 대한 사과였지, 너를 믿는다는 의미는 아니었다. 우리 사이가 멀어지는 건 당연한 수순이었다. 도스토옙스키에게 엄청난 격찬을 안겨 주었던 그의 데

뷔작 〈가난한 사람들〉을 읽기 힘들었던 이유는 바로 저런 기억들 때문이다. 얼마나 읽기 힘들었는지, 거의 속독을 체득할 정도였다.

주인공 마까르는 한 하숙집의 방 한 칸에서 살고 있다. 사실 방이라기도 뭣한, 부엌 옆에 칸막이로 구분해 놓은 공간에서 궁핍함의 진수를 시전하며 산다. 그런데도 맞은편 하숙집에서 살고 있는 어린 연인에게 편지를 쓰며 이렇게 허풍을 떤다.

> "저는 부엌에서 살고 있습니다. (…) 저희 하숙집 부엌은 창문이 세 개나 있을 정도로 아주 큽니다. 부엌 한쪽에 벽과 나란하게 칸막이를 세워 방이 하나 더 생긴 거예요. (…) 아주 널찍하고 편해요. 창문도 하나 있고, 필요한 것은 다…… 한마디로 다 좋아요.[17]

○○○

17) 《분신, 가난한 사람들》, 석영중 옮김, 열린책들, 2007년

이 40대 중년 마까르의 지질함은 여기에서 끝이 아니다. 곤경에 처한 연인의 생활을 원조하느라 자기 하숙비도 제때 못 내, 선물까지 보내느라 가진 살림은 죄 팔아 치워, 행색은 거지꼴이어서 타인이 불편함을 느낄 정도에 이른다. 그가 주는 불편함이 얼마나 컸는지 직장 동료도, 같은 집 하숙생들도 모두 그를 멸시하고 모함한다. 그러자 그가 연인에게 호소의 편지를 쓴다.

> "그 못된 자들이 제게 무슨 짓을 했는지 아십니까? 말하기도 낯부끄럽습니다. 그렇다면 그자들이 제게 왜 그랬는지 물으시겠죠. 제가 온순해서 그런 겁니다. 제가 조용하고 착한 사람이라서요!"[18]

정말 그가 온순하고 조용하고 착한 사람이라서 주변 사람들이 그를 멸시하고 모함했을까? 이에 대한 명쾌한 답은 이 소설이 아닌 《까라마조프 씨네 형제들》에 나온다.

까라마조프네 형제가 사는 지역에는 리자베따라는 거지

ㅇㅇㅇ

18) 위의 책

소녀가 산다. 거지이므로 행색이 말도 못 하게 지저분하고 체격까지 왜소해 더욱 남루해 보인다. 화자는 리자베따가 얼마큼 형편없는 몰골로 다녔는지를 이렇게 묘사하는데, 나는 이 문장만큼 극한의 가난에 처한 이들이 타인에게 주는 감정이 무엇인지 더 잘 표현한 문장을 보지 못했다.

> 이 고장의 신임 지사가 우리 읍을 시찰하다가 리자베따를 발견하고는 자신의 고결한 감정에 상처를 입게 되었다.[19)]

나는 거지도 아니었고, 행색이 그리 초라하지도 않았다. 하지만 혹시 부모 원조도 마다하고 방 한 칸에 세 든 내 삶의 모습에서 아주머니는 자신의 고결한 감정에 상처를 입었던 걸까? 그렇지 않았다면 왜 당연히 내가 도둑이라고 생각했을까? 왜 자신이 잃어버렸을 가능성은 조금도 염두에 두지 않았을까? 마까르는 한참 잘못 생각한 것이다. 타인에게 모함과 멸시를 받은 이유는 조용하고 착해서가 아니라 순

○○○

19) 《까라마조프 씨네 형제들》

전히 가난해서였다.

그가 편지를 써 연인에게 토로한다.

"대체 왜들 그럴까요? 제가 누구한테 나쁜 짓이라도 했습니까? 다른 사람의 지위를 가로채기라도 했습니까? (…) 윗분들 앞에서 누구를 비방하기라도 했습니까?

"도덕이란 나 때문에 다른 사람들에게 피해가 가지 않도록 하는 것입니다. 그런데 전 아무에게도 피해를 주지 않는단 말입니다! 제게는 제가 먹을 빵도 있습니다. 사실 평범한 빵 한 조각이지만, 가끔은 말라 비틀어진 빵 한 조각이지만, 제 노동의 대가로 구한 빵입니다. 먹는 데 아무런 법적 하자가 없는 저만의 빵이란 말입니다."[20]

마까르는 끝까지 정신을 차리지 못한다. 제 코가 석 자인 마당에 연인을 원조하느라 사채까지 끌어 쓰게 된 것이다.

○○○

20) 《분신, 가난한 사람들》

오죽하면 그의 연인이 이렇게 말했겠는가.

> "당신은 정말 성격이 이상하세요! 주위에서 일어나는 일을 당신은 너무 민감하게 가슴속으로 받아들이신다고요. 바로 그런 성격 때문에 당신은 항상 매우 불행한 사람이 되시는 거예요."[21]

그의 연애가, 하숙 생활과 직장 생활이 어떻게 펼쳐질지는 깊이 생각지 않아도 짐작할 수 있다. 그는 계속해서 곤경에 처하고, 그가 생각하는 가장 불행한 결말을 맞는다. 나는 정말 끝까지 읽기가 무척 힘들었다.

그런데도, 그럼에도 불구하고 나는 "제 노동의 대가로 구한 빵입니다"란 구절에서 깊이 감명을 받았다. '빵'이 '방'으로 읽히기도 했다.

스물다섯 살의 나는 다른 누구도 아닌 내 노동의 대가로 구한 방에서, 비록 작은 방이었지만 법적으로 하자가 없

○○○

21) 위의 책

는 나만의 방에서 누구에게도 해를 끼치지 않고 살았다. 내가 그 방에서 정당한 대가를 치르고 누구에게도 해를 끼치지 않고 살고 있단 사실은 절대 침범당하고 싶지 않은 자존심이었다. 하지만 무례하게도 아주머니는 나의 최후 보루를 침범했다.

수개월 뒤 주인아주머니는 전화를 걸어와 근황을 물었다. 어디에서 살고 있는지, 혹시 방을 구하고 있지는 않은지를 상세히 물었는데, 그 통화에서 내가 비로소 누명을 벗었단 사실을 알았다. 물론 나는 그 방으로 돌아가지 않았다.

어제도, 오늘도 많은 세입자가 부당한 상황에 직면하거나, 초라한 공간에서 남루한 감정에 시달리고 있을 것이다. 고시원에서 첫 직장 생활을 시작하고, 닭장 같은 원룸에서 힘든 하루의 피로를 풀고, 지하의 습한 공기를 견디고, 옥탑방의 더위와 추위를 견디면서 불안한 앞날 걱정에 시름에 빠져 있을 것이다. 하지만 그들에게 말하고 싶다.

"그 방은 당신의 노동의 대가로 얻은 당신만의 방입니다."

이 사실을 어떤 세입자도 잊지 않으면 좋겠다. 이것은 떠돌며 살아야 하는 도시 유목민의 마지막 자존심이다. 2014년 송파 세 모녀 사건[22]이 우리 사회에 큰 충격과 울림을 주

노동의 대가로 구한
손바닥만 한 나의 작은 방,
그러나 나의 자존심은
이곳만큼 작은 것이 아니다.

었던 이유는 이 모녀가 유서와 함께 마지막 월세를 남겨 놓음으로써 세입자의 최후 보루인 자존심을 지켰기 때문 아닐까.

부디, 세상 모든 세입자의 방에 평화가 깃들길 바란다.

○○○

22) 서울 송파구의 단독주택 지하 1층에 살던 엄마와 두 딸이 생활고로 고생하다 결국 스스로 목숨을 끊은 사건

꼰대의 최후

전 직장에서였다. 나는 대학을 졸업한 지 얼마 안 되는 신입 사원과 거의 같은 시기에 입사했다. 솔직히, 그 신입 사원을 볼 때마다 기분이 너무 좋았다. 세파에 찌들지 않은 언행과 눈빛. 일반 사무직에서 보기 어려운 소녀적 패션. 아, 아름답구나. 모든 직장인이 처음엔 다 저렇게 아름답지. 나는 마치 입사 동기라도 된 듯 그녀에게 친근감을 느꼈고, 밀레니얼 세대는 무슨 생각을 하는지 궁금해서 귀를 쫑긋 세워 그녀가 하는 말들을 듣기도 했다. 더불어 내 첫 직장의 상사처럼 나는 절대 꼰대질을 하지 않으리라 마음을 먹었다. 내가 해도 되는 일을 당연히 시키지 않을 것이고, 괜히 저녁에 술 마시자고도 안 할 것이고, "내가 해 봐서 아는데" 따위로 시작하는 훈계도 내뱉지 않을 거야! 그랬는데…… 그랬는데…… 어느 날 그 친구의 힘들다는 말에 이렇게 말했다.

"에이, 괜찮아요. 그때가 좋은 거예요."

소름이 돋았다. 뭐야, 이거 '내가 해 봐서 아는데' 사촌 아니냐? 정말 이 말을 내가 한 거 맞나? 부장이 아침부터 지랄을 해 대서 너무 지친 나머지 헛말이 나왔나 봐, 암!

혼자서 계속 자기부정을 거듭했고, 그다음 날부터 내가 뱉은 말을 일거에 삭제할 만한 타이밍을 노리느라 고군분투했다. 나는 정말이지 그런 사람, 그러니까 그런 꼰대가 아님을 증명하고 싶었다.

도스토옙스키 중편 〈악몽 같은 이야기〉를 보면 꼭 나같이 자기부정을 하다가 '살아서 뭐 하나 싶은' 감정에 빠지는 인간이 나온다. 이름하야 이반 일리치 쁘랄린스끼. 4등 고위 문관인 그는 3등 문관이 초청한 조용하고 품위 있는 생일 파티에 갔다가 작은 논쟁을 벌인다. 이반 일리치가 집안 하인과 농부에게도 휴머니즘적 자세를 취해야 한다고 말함으로써 그 자리에 있던 고위 관리들을 불편하게 한 것이다. 43세의 그는 밤 11시쯤 그 저택을 나오며 65번째 생일을 맞

하아—
정말 힘들어 죽겠어요.
저기, 그게
나 때는 말이야… 읍!
그땐
어땠더라… 아….
…

은 그 3등 문관에 대해 이렇게 생각한다.

'복고주의자.'

한마디로 옛날 사람. 한마디로 촌스러운 인간. 한마디로 꼰대! 으흐흐흐, 복고주의자래. 꼰대래!

나는 그야말로 빵 터져서는 '복고주의자'라는 표현이 탄생한 사회 배경은 무엇일까를 고민했는데, 사실 그럴 때가 아니었다. 이 주인공의 행보가 심상치가 않았기 때문이다. 그는 귀갓길에 우연히 말단 직원인 9등 문관의 결혼 피로연을 목격한다. 이미 취기가 올라 있던 이반 일리치는 피로연에 가야 할 숭고한 도덕적 목적을 떠올린다.

내가 저 피로연에 간다 → 결혼 당사자와 서민들은 황송해한다 → 나는 나를 낮추어 특별 대우를 거절하고 딱 샴페인 한 잔만 마신 뒤 축하를 건넨다 → 9개월 뒤 태어날 아이의 대부가 되겠다고 말한다 → 다음 날 내 헌신적인 행동이 관청에 알려지고, 나는 다시 업무에서 엄한 카리스마를 발휘하는 거지! → 아, 멋져! → 3등 문관에게 개무시당한 휴머니즘은 이렇게 발현되는 것인가, 싶었으나 웬걸. 아주 순진한 생각이었다.

일단 아무도 그의 등장을 반가워하지 않았다. 처음엔 웬 고위 관리가 이런 서민들 피로연에까지 왔나 싶어 주의를 집중하지만 시간이 흐르자 각자 저마다의 이유로 그를 불편해한다. 결혼 당사자는 당사자대로, 신부는 신부대로, 신부의 어머니는 어머니대로, 주요 하객인 잡지 기고가는 기고가대로 그의 등장이 반갑기는커녕 '개진상'으로 느낀다는 사실을 숨기지 않는다. 심지어 술에 취한 그를 아무도 신경 쓰지 않은 채 자기들만의 파티를 다시 즐긴다.

이반 일리치는 화가 나기도 하고 속상하기도 하고 부끄럽기도 한 복합적인 감정에 시달리며 괜히 지나가는 사람 붙잡고 얘기도 해 보고, 마침 피로연에 참석한 회사 계장의 읍소에 만족해 보기도 하지만 좀처럼 마음이 편하지 않아 계속 샴페인만 들이켜다 결국 본심을 털어놓는다.

> "내가 만일 왔다면…… 그렇지…… 그래, 결혼식 피로연에 말이야. 난 목적을 갖고 있었다 이 말이야. 나는 도덕적으로 고양시키길 원했는데…… 사람들이 공감해 주기를 바랐단 말이지. 모두 다에게 묻겠는데……, 당신들 눈에는 내가 무척이나 자신을 낮추었다고 생각되시오, 아니면 그렇지 않다고들 생각

하시오?"[23]

그러자 잡지 기고가가 소리친다. "네, 그렇습니다요. 당신은 자신을 낮추셨습니다. 네, 그렇지요. 당신은 복고주의자라고요……. 복—고—주의자란 말입니다!" 이반 일리치는 화가 나서 격분해 소리친다. "젊은이, 정신 차리셔! 당신이, 감히 누구 앞이라고 그따위 소리를 하고 있는 거요!" 기고가는 물러서지 않는다.

"당신 앞이지요. (…) 당신은 거드름이나 떨고 인기나 얻어 볼까 해서 왔겠지요. (…) 그래, 당신은 휴머니즘을 뽐내려고 오신 거겠지! 당신은 모두가 흥겹게 즐기는 걸 훼방 놓는 거라고."[24]

이 피로연이 어떻게 끝났을까. 일일이 다 설명 못 할 정도로 골치 아픈 일이 계속 벌어지지만 이렇게 요약할 수 있다.

○○○

23) 《노름꾼 외》, 심성보 옮김, 열린책들, 2007년

24) 위의 책

이반 일리치는 피로연 내내 복잡한 심경을 가누지 못해 계속 마셔 댄 샴페인 덕분에 음식 접시에 얼굴을 박은 뒤 신혼부부의 침실에서 잤으며, 부부의 결혼은 위태로워졌다. 휴머니스트 흉내 내다 엄청난 민폐를 끼친 것이다.

물론 나는 이반 일리치처럼 좋은 집안 출신도, 차고 넘치는 재산의 소유자도, 고급 교육을 받은 사람도 아니며, 19세기 사람도 아니지만, 마치 시대를 앞서가는 개혁가처럼 꼰대 아닌 척 굴다가 온갖 모욕을 다 겪을 수 있는 사람이라는 점에서는 완전히 그와 같았다.

직장 생활을 이어 가면서 많은 한계에 직면했다. 나는 아직도 내가 시대 변화에 뒤처지지 않는 '신박한' 사고방식으로 살고 있다고 생각했지만 착각이었다. 수평적인 관계, 민주적인 대화, 자유분방한 사고방식을 지향하면서 맺은 동료들과의 관계에서, 나도 그냥 때로 권위에 의존해 명령 하달식으로 일을 처리하고 싶은 욕망을 느낀 적도 있고, 나는 저렇게 일하지 않았는데 저 친구는 왜 저렇게밖에 못 할까 라고도 생각하는 인간이 돼 있었다.

"저 스스로는 지금까지 그래도 아직은 동시대의

흐름에 뒤떨어지지 않았고, 이 시대의 젊은 사람들을 이해할 수 있다고 자부해 왔습니다. 그런데 우리 같이 늙은 사람들은 제대로 성숙한 판단을 할 겨를도 없이 그만 늙어 버리는가 봅니다. 가만히 생각해 보면, 바로 어제까지 자신이 그렇게 사고했다는 이유만으로, 이미 오래전에 시대적 흐름에 뒤처져 있음에도 불구하고 아직도 자신이 젊은 세대와 호흡할 수 있다고 생각하는 사람들이 상당히 많은 것 같습니다."[25]

위 고백이 머지않아 나의 고백이 되리라곤 미처 생각지 못했던 것이다. 물론 성숙한 인간이라면 죽는 순간까지 섣불리 자기 생각을 말하기보다 사람들의 이야기를 듣고, 세상 돌아가는 것도 살피며 진상이 되지 않기 위해 노력할 것이다. 나 역시 성숙한 인간이 되고 싶다. 하지만 시대가 계속 변하고 있다는 사실, 그 변화 속도를 내가 따라가지 못해 때로 꼰대적 발상과 발언을 할 수도 있다는 사실을 이제

○○○

25) 《미성년》, 이상룡 옮김, 열린책들, 2010년

받아들이기로 했다.

그러지 않으면 음식 접시에 얼굴을 처박고는 신혼부부 침실을 강탈하는 일이 발생할 수도 있고, 눈치도 없이 스물다섯 살의 신입 사원과 입사 동기 기분 내다 "그때가 좋은 거야"라고 말할 수도 있다.

나는 이반 일리치처럼 너무 부끄러운 나머지 8일 동안 무단결근하고 두문분출해도 잘릴 걱정도 없는 뼈대 있는 가문의 자식이 아니므로, 꼭 성숙한 인간이 되고야 말겠다.

미성년

아르까지 돌고루끼

베르실로프

소피

마까르

리자

바신

자신을 수치스럽게 생각하지 마세요

2017년 11월이었다.

나는 동네 외출용 바지를 꿰어 입고, 맨발에 슬리퍼를 직직 끌고서 편의점에 갔다. 삼각 비닐 용기에 든 커피 우유가 너무 마시고 싶어서 일에 집중할 수가 없었다. 사자마자 빨대를 꽂고 신나게 마셨다. 프리랜서 생활에서 드물게 좋은 점을 찾으라면 이거다. 대충 입고 신고 나와서 먹고 싶은 우유 마시면서 한량처럼 동네 한 바퀴 도는 즐거움.

헉, 그런데! 갑자기 뭔가 툭 하더니 내 왼발이 시멘트 바닥을 딛고 있었다. 다이소에서 산 삼선 슬리퍼 왼쪽이 뜯어진 것이다. 집까지는 100여 미터 남은 상황. 어떻게 해야 하나 고민하다가 나는 가장 가까운 시설인 놀이터 벤치에 가

앉았다. 아, 망할 놈의 삼선 슬리퍼는 정말 나랑 뭐가 안 맞아도 안 맞았다.

고교 시절 나는 삼선 슬리퍼를 입에 물고 한 시간 동안 교무실 앞에 무릎 꿇어 앉았던 적이 있다. 실내화를 신고 학교 밖 매점에 가다가 선생님에게 딱 걸렸기 때문이다. 사실, 선생님에게 핍박받는 생활이 익숙하기도 했고, 제임스 딘의 후예답게 반체제 성향을 내 존재 이유로 삼겠다는 생각이 무의식중에 확고했기에 어떤 체벌도 내 평심을 흔들기란 어려웠다. 하지만 실내화를 입에 무는 체벌만은 시간이 지나도 기억에서 지워지지 않았다. 차라리 대걸레 자루로 얻어맞는 보편적 체벌이 훨씬 인도적으로 느껴졌다. 다행히 나와 함께 벌받은, 훗날 내 '베프'가 된 친구가 함께 물고 있었기에 망정이지, 안 그랬다면 섬세한 고교생 영혼이 심하게 상처 입은 나머지 선생의 신발에 압정을 넣는 범죄를 저질렀을지도 모른다.

그 체벌이 왜 이렇게 오래 기억에 남을까 생각해 보면 수치심 때문이다. 개똥을 밟고도 남았음 직한 물건을 입에 묾으로써 역시 나란 인간은 존중받을 가치가 없는 존재임을 공표한 셈이 되었다. 이 수치심이란 인간이 느끼는 모든 감정 가운데 가장 어둡고, 위험한 기분 아닐까.

사회학자 김찬호는 《모멸감》(문학과지성사, 2014년)이라는 책에서 이 수치심을 '본인의 잘못이나 결함에 대한 타인의 지적을 받아들이면서 느끼는 부끄러운 감정'이라고 정의하고 있는데, 오늘도 수많은 사람이 자신이 수치심을 느끼고 있단 사실을 숨기느라 허세를 부리거나 폭력적이 된다고 한다. 나만 해도 진심으로 압정을 넣고 싶었다.

이 수치심이라는 감정을 다른 관점에서 보면, 내가 입에 황금을 물고 있든 실내화를 물고 있든 나를 보는 사람이 없었다면, 즉 내가 사회적 존재가 아니었다면 수치심 따위를 느꼈을까라는 의문이 생긴다. 그 반대도 마찬가지다. 나를 높게 평가해 주는 타인이 없다면 인간이 혼자서 자부심 충만해지고 그래서 행복해지고 그러겠는가. 결국 마이너스 감정도 플러스 감정도 나 외의 다른 이가 존재할 때 생기는 상대적 감정인 셈이다. 인간이란 타인에 의해 자신의 감정이 좌우되는 피곤한 존재라는 뜻이다.

이런 유의 피로감을 강력하게 기피하는 인물이 있다. 도스토옙스키의 장편 《미성년》의 주인공 돌고루끼다. 그는 시종 다짐한다. '조용히 살겠다, 사람들하고 말 많이 안 하겠다, 경제적으로 독립해 부모와의 인연도 끊겠다, 이것이 나의 이념이다.'

"간단히 말한다면, 제가 생각하고 있는 제 이념의 핵심은 그냥 나를 건드리지 말아 달라는 것입니다. 단 2루블의 돈이라도 있는 동안은 나만의 공간에서 누구와의 상관관계 맺지 않고 그냥 혼자서 살고 싶다는 것입니다."

사실 맞는 말이다, 나는 우울한 인간이다. (…) 나는 자주 사람들의 틈바구니에서 탈출하기를 원한다.[26)]

말하자면 자발적 '집돌이', '방콕러', '히키코모리'가 되겠다는 결심을 이토록 거창한 '이념'이라는 말로 설명하고 있는 것이다. 누군가에게는 그저 사사로운 결심에 불과한 이

ㅇㅇㅇ

26) 《미성년》

런 생각이 누군가에게는 이념이 돼 생의 특정 시기를 사로잡기도 한다. 하지만 그가 이런 이념을 품게 된 이유를 살펴보면 셰익스피어 비극 저리 가라다.

그는 사생아로 태어나 아버지 성을 물려받지도 못했으며, 생후 부모를 두어 번밖에 만나지 못한, 즉 비련의 주인공다운 출생과 성장 배경으로 21년간 살아왔다. 노골적인 신분 사회가 유지됐던, 태생이 곧 그 사람의 품격을 드러낸다고 믿었던 19세기 신분제 사회에서 돌고루끼의 배경은 그에게 숱한 열등감과 수치심을 안겨 준다. 그는 정말 이 꼴 저 꼴 다 보고 싶지가 않지만, 그게 어디 생각처럼 쉬운가.

자신의 이념을 실천하자면 돈이 있어야 한다는 자각 아래, 그는 대학 입시를 포기하고 한 직장에 취업한다. 거대 저택과 막대한 재산을 보유한 3등 문관인 노공작의 집에서 비서 일을 하는 것이었다. 그는 공문을 다루고, 주주총회 구상안 원고를 작성하고, 노공작의 말벗이 돼 주는 등 성실하게 일한다.

한 달이 지나고 마침내 경제적 독립이 눈앞에 다가온다. 하지만 첫 월급을 받기까지의 과정이 생각처럼 순탄치 못하다. 노공작이 좀체 월급을 줄 생각을 안 하는 것이다. 그는 어느 타이밍에 월급 50루블을 달라고 말해야 좋을지 고민하고, 그런 고민을 하는 상황에 불편함을 느끼기 시작한다.

> 일을 한 대가라고는 하지만, 누군가에게 돈을 청구한다는 것은, 특히 양심 한구석에서 자기가 그것을 받을 자격이 충분하다고 여겨지지 않으면, 아주 어쭙잖은 기분을 느끼게 마련이다.[27]

제때 월급이 지불되지 않자 자신이 그럴 자격이 부족하다는, 자기 비하 감정을 느끼기 시작하는데, 다행히도 말을 할 좋은 타이밍이 왔다. 노공작과 아주 유쾌하고도 우정 어린 대화를 나눈 뒤였다. 그는 이때다 싶어 말한다.

> "공작님, 매우 죄송합니다만, 제 이달 월급 50루블을 좀 주셨으면 합니다." 나는 무례할 정도로 서두르며 난숨에 말해 버렸다.[28]

○○○

27) 위의 책
28) 위의 책

불행히도 노공작은 한 번에 말뜻을 못 알아듣는다. 알 수 없는 표정으로 눈을 끔벅이던 그는 돌고루끼의 의중을 납득한 뒤에도 무척이나 당황한다. 돌고루끼는 그런 공작을 보며 더 당황하고, 수치심을 느끼고 만다. 유쾌하게 나눈 대화, 타인에게는 한 번도 말하지 않았던 다소 수치스러운 에피소드까지 꺼냈던 대화가 사실은 이 월급 얘기를 하기 위해서였다고 생각하니 너무나 불쾌해졌다. 그의 얼굴은 달아오른다.

결국 그는 노공작과 실랑이를 벌인다. 내가 자격이 안 되는 것 같으니 월급 따위 안 받겠다! 노공작도 완강하다. 아니다, 너는 절대 받아야 한다!

돌고루끼는 마침내 첫 월급 수령에 성공한다. 하지만 그가 느낀 찝찝함과 불쾌함이 사라질 리 없다. 정당한 노동의 대가를 마치 구걸하듯 요청해야 했고, 자신이 느끼는 수치심을 감추느라 안 받겠다고 허세까지 부렸기 때문이다. 심지어 돌고루끼가 월급을 청구했다는 말에 그의 허세 넘치는 아버지, 그를 양육조차 하지 않은 그의 아버지 말이 가관이다.

"사실 나는 네가 돈을 청구하리라고는 생각지도 않았다. 어쨌든 요새 젊은 친구들은 빈틈이 없어! 도대체 요즈음은 청년다운 맛이 있는 청년이 없어요."29)

나는 이 가여운 돌고루끼를 정말 《까라마조프 씨네 형제들》의 조시마 장로와 만나게 해 주고 싶었다. 도스토옙스키의 유작 《까라마조프 씨네 형제들》의 주요 인물 가운데 하나는 수도원에 기거하는 조시마 장로다. 소설 중반까지 조시마 장로는 거의 유일하게 이 소설에서 긍정적인 사상의 핵심 역할을 맡고 있다.

이 조시마 장로에게 까라마조프네 일가가 모여든 날이 있었다. 탐욕의 결정체인 집안의 가장 표도르가 망나니 장남과 유산권 문제를 두고서 콩가루를 흩뿌려 가며 갈등을 이어 가는 가운데, 그에 대한 의견을 조시마 장로에게 구하기 위해서였다. 온갖 거짓과 광대극으로 동식한 사람들을 조롱하던 표도르가 조시마 장로에게 묻는다. "위대하신 신부

○○○

29) 위의 책

님, 혹시 저의 민감한 반응이 장로님을 욕되게 한 건 아닌가요?" 물론 이러한 질문도 광대극의 연장선이지만 장로는 다음과 같이 말한다.

> "아무 부담도 갖지 마세요. (…) 중요한 것은 자신에 대해 수치스럽게 생각하지 않는 것입니다. 왜냐하면 모든 문제가 거기서 비롯되니까요."[30]

조시마 장로는 표도르의 폭력적인 언행마저 그가 자신을 수치스러워하기 때문에 생긴다고 말하고 있는 것이다. 쳇. 이건 뭐지 싶었다. 표도르 같은 인간이야 수치심을 느낀 만큼 폭력적인 방식으로 탐욕을 채우고, 그 과정에서 자신이 느낀 수치심을 몇 배로 되돌려 줄 텐데 뭐 그리 성숙하게 대해 주는가. 돌고루끼 같은 청년은 월급 한번 제대로 받기 위해 끙끙 앓지 않는가 말이다.

약간 절망감이 들기도 했다. 월급을 체불당하거나, 부당한 임금 조건에 시달리거나, 불리한 출신 배경으로 좀 더 나

ㅇㅇㅇ

30) 《까라마조프 씨네 형제들》

은 학교, 더 나은 직장, 더 나은 생활환경에 진입하지 못하는 현대인은 계속해서 표도르나 노공작 같은 이의 폭력적 언행을 감내하며 살아야 하는 걸까? 혼자서 아무리 노력해도 자신에 대해 수치스럽게 생각하지 않는다는 게 말처럼 그리 간단한 일이 아니지 않을까? 하지만 역시 지혜의 수도사 조시마 장로가 또 다른 통찰력을 제시해 준다.

한 중년 부인이 장로를 찾아와 고민을 털어놓는다. 자신은 내세에 대한 확신이 없다는 것이다. 고백을 마친 부인은 괴로워한다. "오오, 당신께선 저를 어떤 여자로 생각하고 계실까요!" 그럴 법도 하다. 19세기 제정러시아 시대는 비록 무신론이 부상하고 있긴 해도 여전히 기독교의 한 분파인 정교회가 사회 전반에 큰 영향력을 행사한 시대였고, 기독교 신앙의 핵심은 부활과 구원(내세)에 대한 믿음이었기 때문이다. 하지만 장로는 곧장 말한다.

> "내 생각 때문에 마음의 평정을 잃지는 마십시오."[31]

○○○

31) 위의 책

나는 뭔가 한 대 얻어맞은 듯했다. 맞아. 그렇지. 적어도 내가 처한 상황에 대해서는 타인의 생각보다 내 생각과 감정이 우선이지. 그것보다 더 중요한 건 없지. 너무 당연하잖아. 만약 사람이 정말 이럴 수 있다면 조시마 장로의 말대로 평심을 잃지 않을 수, 즉 자신을 수치스럽게 여기지 않을 수 있다. 《미성년》의 돌고루끼만 해도 우여곡절 끝에 첫 월급을 받은 날을 이렇게 마무리한다.

> 다만 위안이 되는 것은 내가 그 정도의 비용을 받을 만큼은 일했다는 생각이 들었고, 그 역시 내 말을 듣고 나서 내게 정당한 비용을 주어야 한다는 생각을 했다는 점이다.[32]

내가 19세기 러시아 남자였다면 슬리퍼를 물리며 수치심을 안겨 준 선생에게 결투라도 신청해 명예라도 회복했겠지만, 때는 20세기 말, 사랑의 매가 횡행하는 한국의 어느 시골이었기에 그것으로 끝이 났다. 그뿐만 아니라 나는 실내

○○○

32) 《미성년》

화 사건 이후로도 학교에서 빰을 맞는가 하면 목덜미를 후려치기당하기도 했고, 사회에 나와서는 노공작과 표도르 같은 집주인, 상사, 대표를 계속해서 상대했는데, 하나하나 열거하다 보면 19세기로 돌아가 조시마 장로의 품에 안겨 울고 싶어질지도 모르니 패스하기로 한다. 다만 돌고루끼가 '이념'이라고 주장하는 그것을 나도 정립하고 싶다.

나 자신을 수치스러워하지 않을 것, 이를 위해 타인의 생각 때문에 평정을 잃지 않을 것. 그리고 다이소 슬리퍼는 되도록 사지 않을 것.

쫄지 말자, 쫄지 마.
나 백수 아니고, 잠깐 산책 나온
프리랜서라구!

부러우면 이기는 거다

유명한 사실이다. 도스토옙스키는 도박 중독자였다. 도박 때문에 빈곤에서 벗어나지 못했고, 빚을 갚기 위해 출판사와 무리한 계약을 해 늘 마감에 쫓겼다고 한다. 덕분에 우리는 그의 작품에서 잊을 만하면 한 번씩 도박하는 인물들을 만날 수 있다. 심지어 어떤 작품의 제목은 '노름꾼'이다.

후대 학자들은 도스토옙스키가 도박에 중독됐던 이유를 신경질적이고 가부장적이었던 아버지 밑에서 성장한 탓에 생긴 우울증 때문이라고도 하고, 19세기 부상했던 합리주의에 대한 반발로 필연이 아닌 우연의 세계에 매혹을 느껴서라고도 하는데, 나는 그런 심오한 원인은 모르겠고 도박에 중독되는 그 기본 심리는 이해할 수 있다. 복권도 도박의 일종 아닌가. 나 역시 복권을 살 때면 내가 당첨될 것만 같다. 814만 5천 분의 1의 확률, 벼락에 맞아 죽을 확률이 더 높다는 그 가능성이 내게 찾아올 것만 같다.

언제?

회사를 그만두게 되거나 직장에서 종일 이러저러하게 스트레스를 받은 날이면 퇴근길에 복권집을 그냥 지나칠 수가 없다. 내 불안한 현실이 꽃길로 가득하다는 그 우연의 세계에 편입되길 원하는 것이다. 오래전 나와 함께 복권을 사던 직장 선배가 물었다.

"넌 로또 1등 되면 뭐 하고 싶어?"

1초도 망설이지 않고 말했다.

"전셋집 계약요!"

선배는 깔깔거리며 웃었다.

"야, 집을 사야지, 무슨 개코딱지 같은 소리야?"

어? 진짜네? 집을 사도 되네? 도박 심리를 이해하고, 설령 당첨돼서 부자 되면 뭐 하나. 돈도 써 본 놈이 쓴다더니, 부동산을 보유하여 재산세를 납부하는 어엿한 시민이 되겠단 생각을 못 했다.

이런 질문을 받은 적도 있다.

"너는 물적 욕망이 있니? 있으면서 없는 척, 초연한 척하는 거 아냐?"

허, 이건 또 무슨 개코딱지 같은 소리!

"내가 얼마나 로또를 열심히 사는데. 돈 벌겠다고 내가 얼마나 일 열심히 하는데. 내가 얼마나 온라인 쇼핑으로 옷하고 신발을 잔뜩 사들이는데. 밤마다 피부 관리를 위해 팩도 하고 잔단 말이다! 이게 다 물적 욕망 아니냐?"

친구는 풋 하고 웃었다. 내가 가진 욕망은 너무 사사롭다고, 보통 사람은 그 정도로 만족하지 못한다고 말했다. 그럼 무엇을 욕망하느냐고 물었더니 고가의 세련된 옷, 누구나 욕심낼 만한 아름답고도 값비싼 보석, 빚 없이 구매한 30평대 이상의 아파트와 중형급 이상의 자동차, 아무리 걸어도 발에 피로를 주지 않는 고급 구두 몇 켤레, 연 1~2회의 해외여행 등이라고 말했다.

도스토옙스키는 그의 3대 장편 중 하나인 《미성년》의 주인공 돌고루끼를 통해 내 친구가 말한 부에 대한 욕망이란 게 뭔지 잘 보여 준다.

거울을 볼 때 이따금 나는 내 외모가 내게 불리하게 작용한다는 생각을 한다. 왜냐하면 내 얼굴이 평범하기 때문이다. 그렇지만 내가 로스차일드만큼 부자라면 누가 내 얼굴을 문제로 삼겠는가? 휘파람만 좀 불면 수천 명의 여자가 그들의 미모를 받쳐 들고 곧장 내게로 달려올 것이 아니겠는가? (…) 어쩌면 나는 아주 지력이 탁월한 사람인지도 모른다. 그러나 내 이마의 넓이가 일곱 뼘이나 된다고 하더라도, 이 넓은 세상에는 여덟 뼘의 이마를 가진 사람이 얼마든지 있다. 하지만 내가 로스차일드라면, 내 옆에 있는 그 여덟 뼘의 이마를 가진 현인이 무슨 의미가 있겠는가? (…) 말할 나위도 없이 돈은 절대적 위력을 지닌다. 그러나 또 한편 돈은 모든 인간을 평등하게 만드는 강력한 힘을 지니고 있기도 하다. 돈의 주요한 위력은 바로 그 점에 있다. 돈은 모든 불평등을 평등하게 한다.[33]

○○○

33) 《미성년》

로스차일드가 누구인가. 유대계 대부호로서 1815년 워털루전투를 발판으로 상당한 부를 축적했으며, 이를 기반으로 가문 전체를 국제적 금융 전문가(家)로 발전시킨 사람이다. 그러니까 돌고루끼는 무려 이런 국제적인 부자가 돼 뭇 여성의 마음을 훔치고, 뛰어난 지식인들 머리 위로 올라서겠다는 야심을 품고 있는 것이다.

허허허. 미성년은 미성년이구만, 꿈도 야무지지. 어쩌자고 이렇게 비현실적이리만치 높은 목표를 세웠을까? 이건 뭐 '시크'하게 직장 생활 접으리라 다짐하던 나와는 차원이 다른 목표 아닌가.

돌고루끼는 아버지의 성을 물려받지 못한 사생아고, 성년이 되기까지 부모를 두어 번 만났을 정도로 불안정한 환경에서 성장했다. '아버지를 아버지라 부르지 못하는' 처지라는 사실이 알려지면서 사람들에게 온갖 모멸을 당하며 성장해 왔다. 자신을 상놈 취급 한 뭇사람을 상대하지 않아도 되는 위치에 오르고 싶은 마음, 특히 자신을 아들로서 기르지 않은 아버지에 대한 반발심이 제2의 로스차일드가 되겠다는 야망을 품도록 했다.

나는 비록 돌고루끼같이 불운한 처지는 아니었지만, 19

세기였다면 그 못지않은 서민으로 살았을 터이기에 로또를 사랑하는 자로서 로스차일드 친척이라도 되는 꿈을 꾸어야 마땅하다. 하지만 나는 그날 친구가 열거한 항목 중 그 무엇에도 혹하지 못했다. 내가 금욕적인 인간이어서가 아니라 다른 욕망을 품었기 때문이다.

나는 지적이고 싶고, 작은 제스처 하나에도 품위가 묻어나는 사람이고 싶고, 매사에 일희일비하지 않는가 하면 많은 말로 실언하지 않고 싶고, 타고난 재능에 굉장한 집중력을 발휘할 수 있으면 좋겠고, 편안하고 자유로운 대인 관계를 맺는 능력이 있었으면 한다. 잡념에 치우치지 않는 깔끔한 사고방식의 소유자라면 더욱 좋겠다. 이 모든 것 중 뭐 하나 온전하게 이룬 것이 없어서 그런 사람을 만나면 질투한다.

모순되게도 이런 욕망 중 다수는 부유한 환경에서 자란 사람이라면 비교적 자연스럽게 체득할 수 있다. 지적 열망이야 노력하면 누구나 일정 수준 채울 수 있겠지만 매일같이 생계 노동에 찌들어 살면서 작은 제스처에도 품위를 담아내기란 얼마나 어려운가. 월세와 등록금과 생활비 걱정을 하면서 편안하고 자유로운 대인 관계를 맺기란, 잡념 없이 깔끔하게 사고하기란, 자신의 작은 재능이나마 키워 내기란 얼마나 어려운가.

그러므로 나 역시 아파트와 자동차, 화려한 보석과 고급스러운 옷을 원하지 않았을 뿐 결국 같은 것을 원하는지도 모른다. 충분히 쓰고도 여유가 있어야 마음의 평안을 얻고, 그런 뒤에야 품위, 편안함, 자유로움을 획득할 수 있는 것이다. 돌고루끼는 이 점을 잘 알고 있었다.

> 어떻게 보면 나는 돈이 필요하지 않은 것일 수도 있다. 아니 내게 필요한 것은 돈이 아니라고 말하는 편이 더 적절할 것 같다. (…) 내게 필요한 것은 강한 힘으로 얻어지는 것, 강한 힘 없이는 절대로 얻을 수 없는 것이다. 그것은 바로 고독하지만 내적인 안정이 깃든 인식이다! 이것이 바로 전 세계 인간이 그토록 얻으려고 힘쓰는, 가장 완전한 의미의 자유의 정의인 것이다![34]

○○○

34) 위의 책

돈 자체가 아니라 돈으로 얻어지는 것들, 궁극적으로는 '내적 안정이 깃든 인식', '가장 완전한 의미의 자유'가 필요하다는 것이다. 인성도 이제 부모의 경제 능력에 좌우되는 세상이라고들 하지 않는가.

그럴 법도 하다. 만약 태어났더니 '있는 집'인 데다 집안 문화까지 성숙하고 여유롭다면 그런 환경에서 자란 사람의 성격이 꼬이기가 어디 그리 쉽겠는가. 반면 태어났더니 '없는 집'인 데다 아무리 애써도 팍팍한 형편에 시달리며 자란 사람의 성격이 안 꼬이기란 얼마나 또 어렵겠는가.

다행인 점은 인간이란 동물이 그렇게 평면적인 존재는 아니라는 것. 돌고루끼는 자신의 친부 베르실로프와 신경질적인 대화를 나누다 법적 아버지, 즉 베르실로프의 하인이었던 마까르 이바노비치에 대한 이야기를 듣는다. 베르실로프는 마까르에 대해 이렇게 말한다.

> "그런 것이 있으리라고는 도저히 상상할 수도 없었던 것을 바로 그에게서 발견했지. 뭐랄까, 일종의 온유함, 균형 잡힌 성격 그리고 제일 놀라운 것은 유쾌하다고도 할 수 있는 그의 태도 같은 것들. 그

는 (…) 이야기를 이끌어 나가는 능숙한 말솜씨와 말하는 태도가 참으로 훌륭했어. 하인들에게 흔히 보이는 거들먹거리는 근성 같은 것은 조금도 없었다. (…) 가장 중요한 점은 그러한 공손한 태도였어. (…) 그의 흠잡을 데 없는 그런 태도는 오만을 완전히 버림으로써 얻어진 것이었지. 그 정도가 되면 어떠한 처지에 있든, 어떠한 운명에 처하든, 자기 스스로 자신에 대해 흔들림 없는 확신과 같은 신념이 생길 것이다. 자신이 처해 있는 바로 그 상황에서 자신을 존중하는 능력은 이 세상에서는 아주 보기 드문 것으로, 진정한 품위와 마찬가지로 정말로 귀한 것이지."[35]

하인 신분의 마까르가 얼마나 올곧고 품위가 있었는지 귀족인 베르실로프가 그와의 만남을 두려워할 정도였다. 그건 베르실로프가 마까르의 아내를 빼앗아 돌고루끼를 낳았기 때문만이 아닌 마까르의 '이 세상에서 아주 보기 드문

○○○

35) 위의 책

진정한 품위' 때문이었다.

물론 평범한 일상을 살아가는 보통 사람들이 모두 마까르처럼 훌륭한 품위를 갖출 수는 없다고 생각한다. 지루한 데다 고되기까지 한 일상은 사람의 몸과 정신에서 우아함을 앗아 가게 마련이다. 더욱이 마까르는 아내를 뺏긴 뒤 종교적 순례를 다니면서 자신의 품위를 더욱 공고히 하기 때문에 누구나 그처럼 될 수 있다고 말하면 근본주의자나 다름없다.

하지만 베르실로프가 아닌 마까르에게 진정한 품위가 있다는 사실에 안도하게 된다. 내가 욕망하는 것들이 반드시 중산층 이상의 부를 축적해야 이룰 수 있는 건 아니라는 생각이 들어 안심이 된다. 종교 순례까지는 아니더라도 사람이 노력을 기울인다면 일정 수준까지는 내적 힘을 기를 수 있다는 뜻이니 말이다. 만약 넉넉하고 성숙한 집안 문화 아래에서만 품위 있고, 편안하고 자유로운 대인 관계를 맺을 수 있고, 자기 재능에 집중할 수 있는 인간이 된다면 얼마나 슬픈 일인가. 허세덩어리 귀족 베르실로프마저 이렇게 인정하고 있다.

"대체로 그들(민중)은 우리보다 훨씬 자신의 문제를 잘 해결하는 것처럼 보인다. 그들은 더없이 견딜 수 없는 상황에 놓이더라도 자신들의 일상적인 생활을 계속할 수 있고, 또 그들의 생활과는 동떨어진 이질적인 환경 속에서도 전혀 흔들림 없이 본래의 모습 그대로 살아갈 수 있지. 우리는 도저히 그럴 수가 없지만. (…) 민중은 정신적으로나 정치적인 측면에서 위대한 생활력과 거대한 역사성을 가지고 있다는 것을 증명해 왔다."[36]

오늘도 살아 보겠다고 꾸역꾸역 일터로 가는 모든 직업인, 온갖 집안일과 돌봄 노동으로 가족의 일상을 지켜 주는 주부들, 고급 과외는 받지 못하지만 공부해 보겠다고 눈에 불을 켠 평범한 집안의 자식 모두가, 설령 때로 꼬일 대로 꼬여서 번민하더라도 어느 순간에는 '자신이 처해 있는 바로 그 상황에서 자신을 존중하는 능력'을 갖출 수 있고, 그럼으로써 '진정한 품위'를 갖출 수 있다.

○○○

36) 위의 책

돈 좀 없음 어때,
오늘 하루 품위 있게
보낼 수 있다면!

나는 자신만의 소박한 일상을 잘 지켜 나가면서도 품위 있고, 지적이며, 편안하고 자유롭게 관계를 맺는 이를 몇 알고 있다. 나는 그 사람들이 내적 자산을 비교적 쉬이 갖출 수 있는 환경에서 살아온 이들보다 대단해 보이고, 그래서 그들을 만날 때마다 질투하고 부러워한다. 그렇게 부러워하다 보면 나도 어느 정도는 그렇게 될 수 있지 않을까. 그러니 부러우면 지는 거라는 말은 어쩌면 틀렸다. 부러우면 이기는 건지도 모른다.

가족끼리
무슨 여행입니까

나는 호래자식이다. 부모님이 가족 여행을 가자고 해도 싫고, 가족사진을 찍자고 해도 싫다. 어떻게 해서든 계속 피했다. 오랫동안 그 두 가지만은 절대 우리 집과 상관없는 일이라 생각했는데 부모님이 느지막이 삶에 여유가 찾아오자 어느 날부터인가 원하기 시작하셨다. 그것들을. 나는 가족이란 모름지기 무소식이 희소식이라는 콘셉트로 무심하게 지내다가 필요한 순간에 결국 모이는 것으로 충분하다고 생각하기 때문에 적잖이 당황스러웠다.

사진은 그렇다 치고 여행이라니. 한시도 가만히 있지 못하는 조카들을 데리고 다니기도 귀찮았고, 큰 목청에서 둘째가라면 서러운 우리 가족들의 타고난 성대를 몇 박 며칠

간 감내할 자신도 없고, 여행이랍시고 가서 또 여자들만 차리고 치우고 뒤치다꺼리할 생각을 하니 무의미한 여정일 듯했고, 무엇보다 난 여행을 즐기는 사람이 아니었다. 가족 간에도 궁합이 있다. 잘 맞지 않는 사람들끼리 오로지 가족이란 이유로 그렇게 멀리 가야 할까. 부모님께 죄송하지만 나는 여전히 그렇게 생각한다.

아버지 어머니께 변명을 좀 드리자면, 나는 아무것도 아니다. 도스토옙스키 장편소설《미성년》의 주인공 돌고루끼(아르까샤)가 하는 짓을 보면 "아, 그놈 호적에서 파 버리지 뭐 하냐"라고 말하고 싶으실 거다. 물론 나는 돌고루끼가 누구보다 자애심이 넘치는 어머니께 건네는 말에 그만 빵 터지고 말았지만 말이다. 돌고루끼의 어머니가 가족 식사 자리에서 곧 화를 낼 것만 같은 아들을 아슬아슬한 마음으로 바라보며 말씀하신다.

> "얘, 아르까샤, 제발 우리에게 화내지 말아라. 설사 우리가 없더라도 너는 똑똑한 사람들을 많이 알고 있겠지만, 만일 우리가 없다면 도대체 누가 너를 사랑하겠니?"

아부지 환갑 기념
가족 여행이나…

요… 용돈으로
드리면 안 돼요?

그치?
그게 낫지?

그는 조금도 망설이지 않고 말한다.

> "그렇기 때문에 가족의 사랑은 부도덕해요, 어머니. 그것은 어떤 행위에 의해 얻은 것이 아니니까요. 사랑은 행위에 의해 얻어야 합니다."[37]

뭐야 이 녀석, 역시 완전 '또라이'잖아, 싶었는데 생각해 보니 참 맞는 말이었다. 잊을 만하면 뉴스를 장식하는 참혹한 가족사가 이제는 놀랍지도 않은 시대가 됐지만, 여전히 가족이라고 하면 대가 없이 애정을 주는 존재로 여겨지고 있다.

특히 부모의 자식에 대한 사랑이 그렇다. 자식이 다소 비뚤어졌어도 녀석이 사색적이어서 그렇지 본심은 따뜻한 놈이라고 생각한다. 체중 관리만 좀 하면 모델 저리 가라의 외모라고 생각하고, 우리 애가 공부를 대충 해서 그렇지 제대로 했으면 의사 정도는 거뜬히 되고도 남았으리라고 생각하는 존재들이 부모다.

○○○

37) 《미성년》

자식도 비슷하다. 원해서 태어난 것도 아닌데 키워 주셔서 감사하다며 나름 보은하려고 노력하고, 출가 후에는 자주 찾아뵙지 못하는 데에 죄책감을 느낀다. 그뿐만 아니라 자매와 형제에게 이해타산적으로 굴지도 않고, 때로는 그들의 일에 내 일처럼 나서기도 한다. 자신에게 무엇을 해 주어서가 아니다. 단지 가족이기 때문이다.

따라서 어떤 시선에서 보자면 무조건적인 가족 사이의 애정은 불공정한 게 사실이고 그래서 돌고루끼의 말처럼 부도덕한 게 맞는다. 모든 관계는 '기브 앤드 테이크'여야 서로에게 빚진 마음이 없지 않겠나. 이 말이 맞는지 틀린지는 깊이 생각해 볼 필요도 없다. 연인, 친구, 동료 관계 역시 정신적, 물질적으로 주거니 받거니 하는 상호 소통이 이뤄질 때 돈독해진다. 돌고루끼의 표현에 따르자면 사랑을 받을 만한 어떤 행위를 해야 사랑도 우정도 동료애도 깊어진다는 뜻이다. 그러니, 가족애는 상식적인 수준을 넘어선 그 무엇임이 틀림없다.

바로 여기에 함정이 있고 십중팔구 이 수렁에 빠진다. 무조건적인 애정은 보통 나와 너 사이에 거리가 없다는 뜻과 상통한다. 대가가 없는 애정을 지척에서 주고받기에 서로 무례해도 된다고 착각한다. 집착에 가까울 만큼 서로의 인생에 간섭하기도 하고, 무조건적인 희생과 인내를 요구하기도 한다.

가령 자식은 좋은 대학에 가서 좋은 직장에 취업하고는 조건이 좋은 배우자를 만나 결혼함으로써 부모의 애정에 부응해야 하고, 가족 중 누군가는 집안 대소사와 문제를 희생적으로 감당해야 한다. 부모는 노후 대비는커녕 여전히 앞가림 못 하는 서른, 마흔 넘은 자식들 인생 커버해 주느라 등골이 휜다. 오로지 이 가족이라는 이유로 타인과의 관계에서라면 절대 요구할 수 없는 희생을 요구하고 감수하기도 하는 것이다.

물론 그렇게 해도 평화로운 가족애가 유지되면 다행이겠지만 보통은 갈등이 고조돼 서로에게 지울 수 없는 상처를 줄뿐더러 극단적인 경우 혈연관계가 파탄 나기도 한다. 나는 이쯤 되면 과연 가족애가 대가 없는 사랑이라고 말해도 좋을지 의문이 든다.

> "너한테 한 가지 고백할 게 있단다. (…) 자기와 가까운 사람들을 사랑할 수 있다는 말을 난 도무지 이

해할 수가 없었어. 가까운 사람들이란, 내 생각으로는 멀리 떨어져 있지 않으면 사랑한다는 것이 불가능한 것 같거든."[38]

이 말은 도스토옙스키의 또 다른 장편《까라마조프 씨네 형제들》에서 차남 이반이 막냇동생 알렉세이에게 하는 말이다.

이 일가족으로 말하자면 각자도생하다가 오로지 가족이라는 이유로 아버지가 사는 지역으로 모인 남자 넷이다. 하지만 이들의 만남은 나쁜 선택이었다. 아버지와 장남은 유산과 여자 문제로 격렬하게 싸우고, 차남은 장남의 전 약혼자를 흠모하다가 실연당해 떠나기로 결심하는가 하면, 누구보다 삶을 사랑했던 막내는 아버지와 형들이 벌이는 스캔들과 참혹한 사건에 고약하게 휘말린다.

《미성년》의 돌고루끼 역시 자신을 양육하지 않은 부모임에도 단지 부모라는 이유로 함께 살기 시작하면서 큰 갈등을 겪는다. 특히 아버지와 반목하며 집안에 평지풍파를 일

○○○

38)《까라마조프 씨네 형제들》

으킨다. 매사에 냉소적이고 삐딱한 돌고루끼 때문에 선하디 선한 어머니와 여동생은 날마다 불편하고, 그토록 만나기를 고대하던 아버지와는 이렇다 할 대화 한번 제대로 나누지 못한다.

이들의 관계가 조금씩 회복된 시점은 돌고루끼가 그 집을 나와 한 하숙집에 들어가면서부터다. 그의 하숙방에 아버지가 방문하기 시작한 것이다. 아버지가 아들의 하숙방에 예의를 갖추어 방문하면 그들은 서로의 사상을 교환하기도 하면서 깊은 대화를 나누는데, 어느 순간에 부자지간이 그렇게 애절할 수가 없다. 나는 손발이 오그라들어서 아주 애를 먹었다.

> "지난 사흘 동안 저는 내내 오시기를 고대하고 있었어요." 이런 말이 돌연 내 입에서 저절로 튀어나왔다. 나는 가슴이 울렁거렸다.
>
> "참 고마운 말이구나."
>
> "저는 알고 있었어요, 꼭 제게 오시리라는 걸 말입니다."
>
> "나도 알고 있었다. 내가 꼭 오리라는 것을 네가

틀림없이 알고 있으리라는 걸 말이야. 정말 고맙구나."

그러고는 아무 말 없이 우리는 출입문까지 걸어 나왔다. (…) 나는 불쑥 그의 손을 잡았다. 주위는 완전히 암흑 세계였다. 그는 흠칫하더니 계속해서 침묵을 지키고 있었다. 나는 그의 손에 내 얼굴을 대고 갑자기 입을 맞추기 시작했다. 계속해서, 헤아릴 수 없을 만큼.

"너는 마음이 따뜻한 사람이구나. 나 같은 사람을 이렇게도 끔찍하게 사랑하고 있으니 말이다." 그가 말했다. 그 목소리는 완전히 다른 사람의 목소리인 것 같았다.[39]

두 사람의 관계는 너나없이 뒤섞여 지내지 않고, 서로의 공간을 존중하면서부터 달라지기 시작했다. 아버지의 목소리가 '완전히 다른 사람의 목소리'로 들렸을 만큼 말이다. 따라서 저 이반 까라마조프의 말은 아주 적중했다. 아무리

○○○

39) 《미성년》

가까운 사이라도 멀리 떨어져 있어야, 즉 서로에게 공간을 주고 그 공간을 존중해 주어야 집착하지도, 강요하지도, 희생을 요구하지도 않을 수 있다. 그래야 진정으로 상대를 사랑할 수 있지 않을까.

공간이란 물리적인 것만을 뜻하진 않는다. 정신적으로도 서로가 독립적 개체라는 사실, 성향도 가치관도 성격도 판이한 한 개인이란 사실을 받아들일 때 누구 하나 상처 입거나 일방적으로 희생하지 않고 서로 행복하게 사랑할 수 있지 않을까.

물론 이런 생각을 입 밖으로 내뱉기란 핵가족, 1인 가구 등으로 가족이 해체되고 있는 이 시대에도 어려운 일이다. 가족 중 누군가에게 이런 생각은 상처일 수도 있기 때문이다. 그래서 이반도 동생에게 먼저 말하지 않았는가. 이것은 '고백'이라고.

나 역시 이번에도 가족 여행을 가자는 부모님의 말에 회사 핑계를 대며 우물쭈물했다. 진심으로 함께 가기 싫다고 말하면 부모님 이하 가족들이 불쾌해하고 서운해할 듯했다. 하지만 이제 또다시 같은 제안이 들어온다면 솔직히 말할 것이다.

"고백할 게 있는데 말입니다, 가족끼리 무슨 여행입니까. 이렇게 얼굴 본 것만으로도 나는 충분히 좋음."

학연, 지연, 혈연은 죄가 없다

1969년 영국의 사회심리학자 헨리 타이펠이 열네다섯 살짜리 소년 64명을 대상으로 실험을 했다. 그들은 소년들에게 시각적 판단력을 실험한다고 설명한 뒤 40개의 점들이 번쩍이는 스크린을 보여 주고는 점이 몇 개인지 답하게 했다. 그다음 각각의 소년들에게 '과대평가자', '과소평가자'라고 말해 주며 그룹을 나누었다. 점의 개수를 적게 말한 측은 과소평가자, 많게 센 측은 과대평가자가 되었다. 주최 측이 임의로 나눈 그룹이었다.

그러고는 실험자를 한 명씩 격리된 공간으로 데려가서 각각의 그룹에서 두 명을 선택한 뒤에 얼마간의 점수를 부여하게 했다. 단 이때 둘 중 한 명에게 반드시 더 높은 점수를 주어야 했다. 소년들은 두 명을 골라 점수를 표시했는데, 재미있게도 자기 그룹의 친구들에게 더 많은 점수를 주었다.[40]

헛웃음이 났다. 보란 듯이 편애한 것이다. 아니 그 점 몇 개인지 비슷하게 센 게 뭐라고 그렇게 순식간에 어느 한쪽에 소속감을 느끼느냐 이 말이다. 이렇게도 사람은 참 복잡하면서도 단순한 존재다. 만약 그런 공통점이 아니라 동향, 동문, 가족으로 엮여 있다면 어떨까? 심리적 편향성이 더욱 강해지는 것은 대단히 자연스럽지 않을까?

이와 비슷한 맥락에서 한 친구가 들려준 이야기가 있다. 어떤 모임에서 우연히 동향 사람을 만났다고 한다. 서울에서 좀처럼 고향 사람을 만날 수 없었던 두 사람은 너무 반가운 나머지, '친한 척'을 하면서 그 자리를 즐겼다고 한다. 그런데 옆에 있던 다른 친구가 부정부패의 원인 중 하나인 '지연'을 그렇게 내세우다니 너희들 참 문제라며 지적했다고 한다. 진지하고 엄하게 말이다.

아니, 지연이 뭐 어때서 그런가? 나는 학연, 지연, 혈연에

○○○

40) 《고정관념은 세상을 어떻게 위협하는가》, 클로드 M. 스틸, 바이북스, 2014년

그 동네?
나 OO 슈퍼 골목에
살았어!

네, 선배!
제가 그 슈퍼집
딸내미예요!

관대한 편이다. 익숙했던 공동체(가정, 학교, 지역)를 떠나 성과 중심의 사회생활로 편입되어 특유의 공통 정서와 화제를 나눌 수 있는 사람을 만난다는 건, 더욱이 그 사람과 대화가 아주 잘 통한다면 대단히 즐거운 일 아닐까.

혈연, 지연, 학연은 말 그대로 인연을 뜻하는 단어이지 그 자체로는 문제가 되지 않는다. 스크린에 띄운 점들을 몇 개로 세는지의 경험을 공유했다는 이유로도 편향되는 인간이 학교에, 고향에, 혈육에 편향되는 게 뭐 그리 잘못인가. 문제는 그런 편향성으로 타인에게 피해를 주었을 때 생기는 게 아닐까.

이를테면, 나와 동향인이니 인간미 있고 정치적 성향도 같을 거야, 동문이라니 뽑아 놓으면 나한테 협조하게 될 거야, 사돈의 팔촌이라고 하니 일단 먼저 부탁을 들어줄 수밖에…… 같은 순간들. 즉 학연, 지연, 혈연에 의해 누군가에게 특혜를 주어 다른 누군가에게 피해를 주거나, 덮어놓고 자신과 잘 맞으리라는 고정관념으로 상황을 악화시키는 것.

오히려 사적 모임에서조차 이러한 인연에 조금도 마음이 동하지 않는 사람이 있다면 그에게 선뜻 친밀감을 느끼지 못할 것 같다. 도스토옙스키의 장편 《미성년》의 주인공 돌고루끼의 주변 인물이자 여동생 리자의 '썸남' 바신이 바로 그런 사람이다.

리자는 바신이 언제나 자신의 오빠에게 호의를 보여 준 것, 오빠보다 훨씬 탁월한 위치 있으면서도 마치 동등한 사람처럼 대해 준 데에 감사를 표했다. 리자가 혈연에 감정이 동한 것이다. 그러나 바신은 이렇게 말한다.

> "제가 특별하게 한 일은 없고, 그런 이유 때문도 아닙니다. 사실 저는 그에게서 다른 사람들과의 차이를 전혀 발견하지 못했기 때문이지요. (…) 저는 모든 사람에게 똑같은 태도를 취합니다. 제 눈에는 모든 사람들이 평등하게 보이기 때문이지요."

의아해진 리자는 다시 질문을 던진다.

> "정말 차이를 인정하지 않으세요?"
>
> "물론, 사람들은 누구나 다른 사람들과 서로 다른 점을 가지고 있지요. 그러나 제 관점에서 보면 이렇

다 할 만한 차이는 없습니다. (…) 제게는 모든 사람이 평등하고 모든 것이 마찬가지입니다. 그래서 저는 모든 사람에게 똑같이 친절하게 대하는 것입니다."[41]

여기까지 들으면 바신이 공명정대함의 대명사이자 부처님 현신처럼 보이기도 한다. 소설이 쓰인 시기가 19세기인데다 바신이 몸담았던 조직이 모든 계급적 지배를 부정하는 아나키즘 성향의 모임이라는 설정을 감안하면 당대의 신분 사회를 비판적으로 본 관점이라고도 할 만하다. 하지만 리자는 전혀 다른 각도에서 이렇게 반문한다. "그러면 무미건조하지 않으세요?"

저 말이 나는 굉장히 날카로운 송곳 같았다. 모든 사람이 평등하다는, 이 나무랄 데 없어 보이는 훌륭한 말에 이만큼 창의적이고 통찰력 있게 접근하기가 어디 쉽겠는가. 정말 세상 모든 사람이 평등해 보인다면 대체 사람의 마음은 언제 쿵쾅거릴 수 있을까. 언제 열정적이 될 수 있을까. 특정 대상에게 마음이 기울 때에 무언가를 열망하기도 하며, 그

○○○

41) 《미성년》

래서 열정적이 되기도 하며, 그래서 좌절하기도 하는 것 아닐까. 이러한 심리는 아주 자연스러운 현상이며 죄도 아니다. 하지만 바신의 평심은 흔들리지 않는다. "아닙니다. 저는 언제나 자신에게 만족하고 있습니다." 리자는 (아마도 절망하며) 또다시 반문한다. "그렇다면 당신은 아무것도 원하지 않으세요?"

리자의 통찰력이 다시 한번 빛나는 말이다. 어떤 사람을 '비교적' 높게 평가한다면, 다시 말해 다른 사람과 평등하게 보지 않고 편애한다면 자신도 그가 지닌 면모를 갖추고 싶다는 뜻 아닐까? 혹은 자신도 그런 사람이라는 데에서 자부심을 느낀다는 증거 아닐까? 혹은 그 사람과 끈끈한 연을 맺고 싶다는 바람의 표현 아닐까?

이쯤 되면 바신도 정신을 차리고 '썸녀' 리자에게 점수를 딸 만한 말 한마디 할 법하다. 사실 이만큼 좋은 기회도 없었다. 리자의 연인은 도박 중독에 허우적거리다 사기 사건에 연루돼 감옥에 가 있었다. 더욱이 리자와 바신이 '썸 타고' 있다는 사실을 눈치챈 남친이 리자가 면회만 갔다 하면 히스테리를 부리고 있었기에 그녀의 마음이 이때만큼 힘들 때도 없었다. 하지만 바신은 좀체 흔들림이 없다.

"아닙니다. 저도 원하지만, 많은 것을 원하지 않을 뿐이지요. 제게 필요한 것은 거의 없어요. 그저 이렇게 평범한 것이 제게 편합니다. 설사 금으로 만든 옷을 입는다 하더라도 그것이 제게 어떤 특별한 의미를 더 부여하는 것도 아니고요. 저는 음식에도 현혹당하지 않습니다. 그리고 사회적 지위나 명예라는 것이 저의 본질적 가치보다 더 의미가 있는 것일까요?"[42]

아주 그냥 평등이라는 이념의 팔불출이며, 부처님 예수님이 무덤에서 일어나서 형님 하면서 넙죽 절해도 이상하지 않을 정도다. 결국 리자는 바신의 이 말에 가차 없어진다. '자신의 명예를 걸고' 바신에게 관심이 없어졌다고 오빠에게 고백할 정도다. 리자를 짝사랑하던 바신의 처지는 '존경하는 썸남'에서 '실연남'으로 전락한다.

나는 리자의 이런 주관적이고도 호방한 가치관에 매혹되었다. 만약 바신이 당신의 오빠는 아직 미성년이고 때로 갈

○○○

42) 위의 책

팡질팡하지만 이러저러한 면이 아주 훌륭하다고 말했다면, 다시 말해 보통 사람의 기본 심리를 조금만 더 이해했다면 그토록 원하는 리자의 마음을 얻었을지도 모른다. 하지만 어쩌겠는가. 애석하게도 바신은 부처님 형님이었다.

지금 나는 학연, 지연, 혈연으로 빚어지는 온갖 정치적, 사회적 폐단이 옳다고 말하는 것이 아니다. 인간이 타인과의 작은 공통점만으로도 편향되기 쉬운 존재라는 사실, 언제나 어딘가에 소속되고 싶어 하는 연약한 존재라는 사실을 알고 인정해야 한다는 뜻이다. 그래야 그러한 인연을 자유롭게 이어 가면서도 맹목적이 되지 않을 수 있다.

즐거운 친교 자리에서 동문을 만나서 반갑고, 동향인을 만나서 기쁘다면, 그러한 편애로 누군가에게 피해를 주는 것이 아니라면 그것이 뭐 그리 잘못인가. 그러한 기본 심리까지 완전히 차단하려는 이들이야말로 '올바름'에 지나치게 경도되고 맹목적이 되었다고 말할 수 있지 않을까.

나는 동문이라고 연락하는 사람도 몇 되지 않는다. 나를 포함해 내 혈연 중 특혜를 줄 만큼 성공한 사람도 없는 데다, 연락을 주고받는 동향인 하나 없는 아주 소박한 인맥의 인간이다. 학연, 지연, 혈연으로 서로 혜택을 주고받는 것도 보통의 소시민에게는 모두 딴 세상 이야기라는 말이다. 하지만 나는 역시 리자처럼 내 편향성이 타인에게 해를 끼치지 않는다면, 상대가 내 마음에 쏙 드는 인간이라면 동향인이든 동문이든 편애하며 살 것이다. 매사에 공명정대한 나머지 무미건조한 사람보다 때로는 편향되지만 자유롭고 그래서 재미있는 사람들이 백배 좋으니 말이다.

자기 자신과 화해하는 법

"나는 여성이란 존재에게 완전히 이방인이었습니다. 그러니까 나는 한 번도 그들과 가까웠던 적이 없습니다. 아무튼 나는 혼자라서…… 나는 그들과 어떤 식으로 이야기를 해야 할지조차 모릅니다."[43]

위의 말을 한 사람은 다음 중 누구일까요?

① 미켈란젤로 부오나로티

② 라이트 형제

③ 아르투어 쇼펜하우어

④ 레오나르도 다빈치

⑤ 아이작 뉴턴

정답은 (넓은 의미에서) ①, ②, ③, ④, ⑤번 모두다. 이들 모두 여성에게 완벽한 이방인이었다. 시스티나 성당에 천장화와 벽화를 그린 천재 화가이자 조각가 미켈란젤로, 인류에게 비행기를 선물했던 철저한 금욕주의자 라이트 형제, 나는 여자보다 개가 좋다고 말했던 허무주의 철학자 쇼펜하우어, 성적인 모든 것을 혐오했던 독창적 예술가이자 발명가 다빈치, 무성애자라는 소문을 낳았던 만유인력 법칙의 창시자 뉴턴이 말하자면 '모태 솔로(모솔)'이었던 것이다.

나는 어쩐지 가슴이 따뜻해졌다. 솔로를 무언가 결핍됐거나 불완전한 존재로만 보는 우리 사회에서 위 사람들은 그런 시각에 혀를 끌끌 찰 수 있는 위치에 있기 때문이다. 이들이야말로 이렇게 말할 수 있다.

"쯧쯧. 연애하고 결혼하느라 세월 다 보내는구나, 이 범인(凡人)들아!"

그들이 솔로가 아니었다면 그만큼 창의적인 활동에 집중해서 역사에 남는 업적을 남기기가 쉽지 않았을 것이다. 성적 에너지를 창작 활동으로 승화했다는 식의 프로이트 논

○○○

43) 《백야 외》, 석영중 옮김, 열린책들, 2010년

리를 빌려 오지 않더라도, 여러 가지에 에너지를 분산하기보다 어느 하나에 고도로 집중했을 때 남다른 결과를 낼 확률이 높다는 것은 상식으로 이해할 수 있지 않은가.

하지만 이런 생각도 든다. 저런 위치에 있는 사람만 당당한 솔로일 수 있을까. 누군가를 열망하고, 뭔지 모를 결핍감에 커플이 되려고 애쓰는 것은 위대한 인물이 아니기 때문일까. 아니, 이것저것 다 떠나서 굳이 역사에 뭐를 막 새기고 그래야 하는 걸까. 우리는, 존재하는 것만으로 충분할 수는 없을까.

당연히 아니다. 연애나 결혼은 그 자체만으로는 큰 의미가 없다. 또한 대단히 위대한 인물이 되어야만 연애나 결혼의 가치를 논할 수 있는 것도 아니다. 중요한 것은 가령, 왜 연애를 했느냐 혹은 결혼을 해서 어떠한 변화가 생겼느냐가 아닐까.

사실 위 문제의 진짜 정답을 말하기 위해서는 보기 항목에 '⑥ 도스토옙스키 단편 〈백야〉의 주인공'을 추가해야 한다. 위 말은 바로 그가 한 말이기 때문이다.

러시아 뻬쩨르부르그에 백야가 이어지던 어느 아름답고

도 환한 밤. 한 남자가 사람 대신 거리의 구석구석과 대화를 나눈다. 8년간 친구 하나 없이 지내 온 그가 거리의 건물들과 나누는 대화는 처연하다 못해 민망하다. 아니, 얼마나 고독했으면 무생물과 대화를 나누었을까. 그는 건물들이 자신에게 이렇게 말을 건넨다고 느낀다.

> "안녕하세요, 건강은 어떠세요. 저는 덕분에 건강하답니다. 5월에는 한 층을 더 올려 줄 거랍니다."
>
> "건강은 어떠세요? 내일은 집 수리가 있답니다."[44]

그러던 중 그는 자신의 숙소 근처에서 흐느끼는 한 여성을 목격한다. 마침내 생물, 게다가 사람, 더욱이 여자!

그는 한마디 말이라도 건네고 싶지만 좀처럼 용기를 내지 못한다. 그러는 사이에 여자는 남자를 피해 제 갈 길을 간다. 그는 그녀를 뒤따른다. 얼핏 강력 범죄 장면으로 오해받을 수도 있었지만 우리의 주인공은 다행히 그저 조용히 따르기만 했을 뿐이고 결과적으로는 참 잘한 짓이 되었다.

○○○

44) 위의 책

웬 연미복을 입은 신사가 그녀에게 추근댄 것. 하얀 밤에 여자가 비명을 지르고, 우리의 주인공은 그 앞으로 짜잔 하고 등장한다. 그에게 행운이 온 것이다.

> "자, 손을 이리 주세요. (…) 그러면 저자도 더 이상 감히 추근대지 못할 겁니다."[45]

마침내 '여자 사람'이랑 대화를 하게 된 그는 속으로 외친다. 오, 초대받지 못한 신사여! 이 순간 내가 얼마나 그대에게 고마워하고 있는지. 그의 우려와 달리 여자는 자신을 내쫓기는커녕 이 말 저 말을 주거니 받거니 한다. 여자라는 존재와 이렇게 대화를 나누고 있다는 사실 하나만으로도 그는 황홀경에 빠져든다.

> "당신은 나를 영원히 행복한 인간으로 만들었습니다. 그래요! 행복한 인간으로요. 누가 알겠습니까, 어쩌면 당신은 내가 나 자신과 화해할 수 있도록 해

○○○

45) 위의 책

> 주었는지도 모릅니다."[46]

나는 이 난데없는 고백에서 '나 자신과 화해'라는 구절을 한참 바라보았다. 그렇구나. 사람은 누군가가 자신을 진심으로 대해 주는 것만으로도 자신을 긍정할 수 있는 연약한 존재가 될 수도 있구나.

두 번째 백야에 두 사람은 다시 만난다. 그는 자신의 외로웠던 삶, 홀로 몽상에 잠겨 있던 생활을 들려준다. 여자는 기꺼이 그의 삶을 긍정해 준다. 그의 몽상 세계가 이상하다거나 지질하다고 생각하지 않는다. 그녀 역시 자신에게 집착해 구속하려 하는 할머니 이야기와 약혼남에게 배신당한 처지를 들려준다. 남자는 두말할 필요 없이 가슴 깊이 아파한다. 두 사람은 운명처럼 하나 될 일만 남은 듯하다.

> "아, 나스쩬까, 나스쩬까! 당신은 아십니까, 앞으로 얼마나 오랫동안 당신이 나를 나 자신과 화해시켜 주실지? 그리고 나는 이제 예전처럼 그렇게 스스

○○○

46) 위의 책

로를 비하하지 않으리란 걸 아십니까?"[47]

가난한 하숙생, 모태 솔로의 조상님, 8년간 친구 하나 없이 무생물과 대화하는 고독한 인생, 몽상 속 괴짜에 빠져 있는 생활. 말하자면 사회적으로 전혀 성공하지 못한 이 남자는 단지 여성이 자신과 대화를 했고 우정(과 사랑 사이)을 나누었다는 이유 하나만으로 자신의 모든 부정적인 면과 화해한다. 자기 비하를 일삼던 '루저'에서 일약 사랑받기에 충분한 존재로 거듭난 것이다.

누군가와 사랑에 빠진다는 건 결국 자기 자신을 사랑하게 된다는 뜻인지도 모른다. 예컨대, '아니 내가 외모도 별로고 가난한데 좋아한다고? 내 비루하고 초라한 상황에 부담을 느끼기보다 공감한다고? 심지어 나와 함께하고 싶다고? 설마 내가 생각보다 괜찮은 사람이었나?'와 같은 과정을 〈백야〉의 주인공은 찰나에 통과한 셈이다. 누군가에게 '작업' 좀 걸고 싶나면, 누군가의 작업에 넘어가 보고 싶다면 (쾌락과 유희만이 목적이 아니라면) 이런 과정을 통과하

○○○

47) 위의 책

너는 내가 왜 좋아?
너
그 질문 벌써 열 번째다.

고 싶다는 열망이 있기 때문 아닐까.

나도 크게 다르지 않았다. 아니, 나처럼 작고 평범한 외모의 여자가 사랑스럽다고? 내 밥벌이처럼 부자 되기에 그른 직업이 멋있어 보인다고? 그냥 무조건 내가 좋다고? 징짜 징짜? 아니, 왜? 으흐흐흐흐.

그렇다면 평생 솔로로 살다 간 미켈란젤로, 라이트 형제, 쇼펜하우어, 다빈치, 뉴턴은 자기 자신과 어떻게 화해했겠느냐는 의문이 들 법도 하다. 연애만이 자신과 화해할 수 있는 유일한 방법은 아니지 않은가.

물론이다. 창작이나 연구 활동 역시 연애처럼 자기 자신을 쏟아붓는 '작업'이다. 또한 자기 자신을 투영해 이룬 결과물 역시 연애처럼 타인의 인정과 관심을 필요로 한다. 창작자들은 자신의 결과물을 곧 자신이라고 여기는 경향이 있기 때문에 그 결과물이 혹평당한다면 자신의 존재 자체를 거부당한 절망감에 빠지기도 한다. 쇼펜하우어만 해도 명성에 지독히 집착하는 철학자로 유명했다. 그 정도가 얼마나 심했는지 자신에 대한 기사는 모두 찾아 읽었고, 지인들에게 자기를 논평한 글을 보면 모두 보내 달라고 했을 정도라고 한다. 명성이 무엇인가. 그 사람을 세상이 인정해 준다는 증거다.

타인의 인정과 애정을 갈망한다는 점에서 연애와 창작 활동은 맥을 같이하기에, 세상의 인정을 한 몸에 받은 저들은 분명 자신과 화해할 기회를 누리고도 남았으리라 짐작된다.

물론 도스토옙스키 소설이 대개 그렇듯 〈백야〉의 이야기가 그렇게 아름답게만 흐르지는 않는다. 주인공은 네 번째 백야에 예상치 못한 변수를 만나 위기를 맞는다. 마치 대낮 같은 환한 백야가 일시적인 현상이듯 그의 인생에 찾아온 첫사랑도 그렇게 사라질 위험에 처한다. 하지만 소설의 결말을 보면 주인공에게 어떤 변화가 생겼는지 충분히 짐작할 수 있었다. 그가 높은 허들로만 여겨 왔던 여성과 대화를 나누며 소통했던 경험, 벅찬 심정으로 여자의 손을 잡고 걸었던 그 짧은 경험을 통해 자기 자신과 화해할 수 있는 첫걸음을 내디뎠다는 사실을 말이다.

"너의 하늘이 청명하기를, 너의 사랑스러운 미소가 밝고 평화롭기를, 행복과 기쁨의 순간에 축복이 너와 함께하기를! 너는 감사하는 마음으로 가득 찬 어느 외로운 가슴에 행복과 기쁨을 주었으니까!"[48]

〈백야〉의 주인공처럼 친구도 없고, 애인도 없고, 직장과 돈도 없이 있는 것이라곤 낮은 자존감뿐인 사람을 여전히 주위에서 쉽게 만날 수 있다. 포기할 수밖에 없는 것이 많은 시대 아닌가. 누군가에게는 혹은 어느 시대에는 당연시되었던 연애와 결혼, 출산과 취업, 내 집 마련과 건강, 돈독한 인간관계가 시나브로 높디높은 허들이 되어 버렸다. 이러한 삶의 조건들 속에서 이방인이 아니라고 느끼는 이들이 과연 얼마나 될지 의문이다.

그러므로 기성세대는 저성장, 저출산을 염려하며 젊은이들에게 건네는 덕담을 이제는 조금 바꾸었으면 좋겠다. 우선은 자기 자신과 화해하라고, 자기 자신을 사랑하라고, 그러자면 사회가 변해 주어야 마땅하겠지만 변화란 한순간에 이루어지지 않으므로 우선은 자신을 사랑할 수 있는 방법을 찾아보자고. 그 방법이란 게 연애일 수도, 고유한 창작 활동일 수도 있으며, 아주 단순한 목표이더라도 온전히 자

○○○

48) 위의 책

기 자신이 즐겁기만 하다면 무엇이라도 괜찮다고. 그런 것을 여러분이 '소확행'이라고 부른다면, 그 소확행을 충분히 누리라고.

죄와 벌

라스꼴리니꼬프

라주미힌

두냐

뽀르피리

오래된 친구

친한 친구 사이인지 아닌지를 가늠하는 척도는 무엇일까? 애사와 경사 앞에서 가장 먼저 생각나는 사이? 송년회와 신년회를 하며 시간의 속도를 공유하는 사이? 물론 관계에 이러저러한 척도를 들이미는 것은 우스운 일이지만 굳이 기준을 정해야 한다면, 나는 함부로 욕해도 기분 나쁘지 않은 사이라고 말하고 싶다.

고교 시절 욕을 참 찰지게 하는 친구가 있었다. 우리는 친해진 지 얼마 안 된 그야말로 따끈따끈한 사이였는데, 그 친구는 문장의 시작과 끝에 된소리와 거센소리를 사정없이 섞어서 나를 부르곤 했다. '미친년'은 아주 부드러운 수준이었다. '개', '썅'과 같은 접두사(?)를 쓰거나, 17과 19 사이에서 아주 구성진 욕을 내게 쏟아 냈다. 심지어 애정 어린 편지 끝에도 육두문자를 잊지 않았다.

'P.S. 야, 이 ××년아, 너도 먼저 편지 좀 써.'

이 과격하고도 낯선 존재를 통해 나는 카타르시스를 느꼈다. 그런 욕을 듣고도 기분이 나쁘기는커녕 오히려 친밀해진 기분이 들다니, 이것이 바로 막역한 사이라는 증거 아니면 무엇일까. 친구 사귀는 데 재주도 관심도 없던 나는 그야말로 신세계를 만난 듯했다. 그 친구가 내게 욕을 섞어 가며 말할 때 마조히스트처럼 어디에서도 얻을 수 없는 소속감을 느꼈고, 나 역시 한번 시작하자 입에 착착 붙는 욕설을 섞어 친구를 불렀다. 그럴 때면 사디스트처럼 우리 관계가 참 건설적이라는 느낌이 들었다. 무슨 쌍욕 배틀을 하는 것도 아닌데 굳이 그렇게 거칠게 대화하며 우정을 쌓았다.

훗날 이유가 무엇일까 곰곰 생각해 보니, 저속하고 품격 낮은 모습을 보여도 부끄럽지 않을 만큼 서로를 신뢰한다는 증거가 비속어라고 느꼈기 때문인 듯하다. 혹은 무례함을 내세워 관계의 견고함을 과시하려는 십대 특유의 '똘끼'

어제
나 머리 너무 짧게 잘랐어.
나 못생겼지 지금?
어. 많이.

였던 듯도 싶다. 이러한 마음의 밑바탕에는 내 슬픔과 기쁨에 함께해 줄 것 같고, 언제나 나의 안녕을 빌어 줄 것 같고, 내가 설령 지질한 모습을 보여도 그것이 나의 전부가 아니라고 믿어 주리라는 신뢰가 깔려 있었다.

고고한 우정이 무례함과 저속한 표현 속에서 피어나다니, 인생은 얼마나 아이러니하고도 재미있는가. 이런 나의 생각에 동서와 고금에 걸쳐 동의하는 이들이 생각보다 많은 모양이다.

> "이 돼지 같은 놈!"
>
> "아무 말도 하지 마. 그렇지 않으면…… 박살 내 버릴 테니!"[49]

비록 거센소리, 된소리는 아니지만 친구를 돼지에 비유하고, 박살 내 버리겠다고 말한 이 사람은 도스토옙스키《죄와 벌》의 주인공 라스꼴리니꼬프의 유일한 친구 라주미힌이다. 주인공 라스꼴리니꼬프가 라주미힌이 자신의 여동생

○○○

49)《죄와 벌》, 홍대화 옮김, 열린책들, 2009년

두냐에게 반했다는 사실을 눈치채고는 "얼굴이 달콤한 알 사탕처럼 변하기도 하고, (…) 홍당무가 되어 버리던걸" 하면서 놀렸기 때문이다.

이렇게만 보면 주인공은 지극히 건강하고 친구와의 우정은 처남 사이로도 발전할 만큼 아름다워 보이지만 애석하게도 그렇지만은 않다. 소설은 의심이 많고 자존심이 강하고, 자기 가치를 잘 알고 있는 어떤 가련한 대학생이 가난과 우울증에 시달리면서 여섯 달 동안이나 집구석에 처박혀 아무도 보지 않고 살다가, 정신 착란과 무서운 열병에 걸린 채 전당포 주인에 대한 살의를 되새김질하며 시작된다. 《죄와 벌》의 전반전인 '죄'에 이르기까지 주인공의 불안정한 상태가 점차 고조되기만 한다.

반면 라주미힌으로 말하자면 사막에 떨어뜨려 놔도 오아시스를 찾아내 회심의 미소를 지을 인간이다. 지독한 가난 탓에 휴학 중이면서도 끝없이 샘솟는 여러 가지 돈벌이로 생활을 유지하며, 학업을 끝내기 위해 상황을 호전시키는 '의지의 러시아인'이다. 사람을 좋아하고 과장하기를 즐기며, 혹시 조증이 아닐까 의심될 만큼 기운이 넘치는 이 20대 청년은 제 친구와는 정반대 인물이다.

이런 라주미힌이 곁에 있다는 것은 주인공 라스꼴리니꼬프에게는 다행스러운 일이다. 비루한 가난과 열병, 살인 계획을 두고 광증과 현실을 오가던 라스꼴리니꼬프는 일자리를 부탁하러 대학 동기 라주미힌을 찾는다. 그는 라스꼴리니꼬프의 상태가 영 신통치 않다는 사실을 단박에 눈치채고, 그가 열병으로 기절하기에 이르자 아예 침상 옆에 딱 달라붙어 간호를 한다. 인맥을 총동원해 의사 친구를 불러와 그를 치료하기도 하며, 라스꼴리니꼬프를 만나러 멀리 타 지역에서 온 그의 여동생과 어머니를 안심시키는 일도 도맡아 하고, 집안 대사에 애정 어린 조언도 아끼지 않는다.

이렇게까지 살뜰한 친구라니, 라스꼴리니꼬프가 평소 라주미힌에게 잘해 주었던 걸까? 평소 아 하면 어 하면서 너무도 잘 통하는 사이였을까? 오히려 반대다. 사교성이라고는 눈 씻고 찾아보려 해도 없는 그는 라주미힌이 제안하는 일거리를 고마워하기는커녕 무시한다. 그의 간병과 관심을 성가셔하고, 자신의 범죄 사실을 숨기면서 적절히 이용하기도 한다. 또한 둘은 만나면 서로를 조롱하기 일쑤이기도 하다.

"나는 내가 오장육부를 다 합쳐도 구운 파 대가리

> 한 쪽 값어치밖에 안 나간다고 확신해. 덤으로 너까지 집어넣어도 말이지…….”
>
> “그건 너무 작은데, 나라면 네게 두 쪽의 값어치를 쳐줄 텐데…….”
>
> “난 네게 한 쪽 이상은 안 쳐줄 거야! 더 조롱해 보시지!”[50]

하지만 라주미힌은 라스꼴리니꼬프가 지적으로 뛰어난 사람이며, 도덕적으로도 흠결이 없다고 믿는다. 그 믿음이 얼마나 견고했는지, 경찰서장이 범죄의 합리화를 다룬 라스꼴리니꼬프의 대학 논문을 단서 삼아 노련하게 그를 범인으로 몰아가자 오히려 제가 더 흥분한다.

> “너(라스꼴리니꼬프)는 무엇엔가 지나치게 몰두한 거야! 그래서 실수가 생긴 거야. 내가 그 논문을 읽어 보겠어……. 네가 너무 몰두한 거야! 네가 그렇게 생각할 리가 없어……. 내가 읽어 보겠어.”[51]

○○○

50) 위의 책

51) 위의 책

라스꼴리니꼬프 역시 심신이 불안정하고 위험한 상태에서도 라주미힌이 자신에게 얻은 건 모욕과 고생밖에 없다고 말한다. 그런가 하면 철석같이 자신을 믿는 그를 보며 나를 위해서라면 십자가에라도 대신해서 못 박힐 놈이라고 생각한다. 친구가 자신에게 어떤 우정을 보여 주고 있는지 제대로 인지하고 있다.

소설이 진행될수록 라주미힌은 라스꼴리니꼬프와 그의 집안에 없어서는 안 될 중요 인물로 자리를 잡아 간다. 열정적이고 쾌활하며 확고한 라주미힌 덕분에 라스꼴리니꼬프 집안에 생길 또 다른 참사가 방지되고, 주인공은 오로지 자신이 저지른 일과 거기에서 발생하는 내적 갈등에 집중할 수 있게 된다.

나는 《죄와 벌》을 이야기할 때 사람들이 주요 논점으로 삼는 '죄'와 '벌'의 사회적, 심리적, 철학적 의미에는 관심이 없었다. 사실 라스꼴리니꼬프는 그간 도스토옙스키 장편에 등장하는 주인공 캐릭터가 가장 극단화된 경우여서 그다지 새로운 점이 없었지만 라주미힌은 달랐다. 도스토옙스키의 소설에는 좀처럼 친구에게 이런 우정을 보여 주는 인물이 나오지 않는다. 더욱이 개인화가 상식이자 예의가 돼 가는

21세기 현대 사회에서 우울하고, 광증에 시달리며, 자기 생각에 함몰된 사람에게 애정과 우정을 보여 주기란 쉽지 않은 일 아닌가.

두 사람처럼 나도 오래된 친구와 격동의 우정을 쌓았다. 같은 교복을 벗고 사회에 나오자 우리의 가치관과 삶의 방식이 얼마나 다른지를 확인하는 순간이 잦아졌는데, 그때마다 우리는 서로에 대해 분노하기도, 슬퍼하기도, 비난하기도, 조롱하기도, 기피하기도 했다. 나는 그런 갈등이 힘들어 절교를 결심하거나 공언한 적도 있었다.

하지만 친구는 나처럼 "우리 앞으로 얼굴 보는 일 없도록 하자" 같은 말을 한 적이 없다. 때로는 나를 비난하거나 미워하기는 했지만, 고마운 줄도 모르고 무례하게 구는 친구를 좀처럼 떠나지 않았던 라주미힌처럼 나와 멀지 않은 곳에서 자신만의 방식으로 자리를 지켰다. 그리고 그 자리에서 세상에 얼마나 다양한 가치관과 삶의 방식이 있는지 내게 가르쳐 주었다.

사회에 나와서 나는 한 번도 그런 우정을 쌓아 본 적이 없고, 앞으로도 없을 것이다. 이 이상 그런 성격의 우정이 필요하다고 느낀 적도 없다. 물론 사회에서 그런 무례하고도

저속하면서도 안전한 우정을 기대한다면 왕따당하기 십상일 것이다. 관계에 욕심이 적은 나는 오래된 친구는 하나만 있어도 감지덕지이고, 몇 차례 내 절교 선언에도 떠나지 않은 친구에게 그저 고마움을 느낄 따름이다. 이후로도 우린 때로 충돌하는 가치관 때문에 피차 품격 없는 문자를 날리기도 하겠지만, 언제나 그의 안녕과 행복을 빈다.

내 인생의 참고 사항

고등학교 생활의 백미는 무엇일까? 매점? 급식? 친구?

내겐 주번 활동이었다. 주번이라면 응당 해야 할 일이 칠판과 학급일지 관리 아니겠는가. 나는 누구보다 이 학급일지 작성을 즐겼다. 매일의 수업과 학급 회의 사항을 대충 정리한 뒤 가장 마지막에 공들여 참고 사항 난을 작성했다. 말 그대로 참고 사항이기 때문에 공란이어도 그만이었는데, 나는 누구보다 그 공간을 사랑했기에 한 번도 비워 둔 적이 없었다. 거기에 대개 이런 문장들을 새겨 넣었다.

'새는 알에서 나오려고 싸운다. 알은 곧 세계다. 태어나려고 하는 자는 하나의 세계를…….'

'이것은 소리 없는 아우성. 저 푸른 해원을 향하여 흔드

는 영원한 노스탤지어…….'

음. 안다. 좀 오글오글. 요즘 말로 중2병 돋는다. 딱히 누구 보라고 쓴 건 아니었다. 그냥 쓰고 싶어서 썼다. 폼 나는 문장들이라고 생각해서였는데, 아마도 공적인 난에 감명을 주었던 아포리즘을 써 놓음으로써 나 자신을 표현한다고 생각한 것 같다. 그런 일이 반복되자 어느 날 담임이 말했다.

"너 개똥철학과 갈 거냐? 왜 그렇게 사변적이야?"

사변적? 그게 무슨 뜻이지? 짐짓 태평한 척했지만 굉장히 멋진 말 같았고, 그래서 사전을 찾아봤는데 풀이를 읽어도 무슨 의미인지 잘 알 수 없었다. 그래도 만족스러웠다. 순수한 이성에 의한 인식? 생각하는 갈대? 뭐 그런 뜻인가! 이렇게 어려운 말이 나를 수식한단 말이야? 어머, 나 철학과 가야 되나 봐. 결국 참고 사항은 누가 좀 봐 달라고 쓴 셈이었다.

2018년 봄, 한 티브이 프로그램을 보고 그때의 기분을 고스란히 느꼈다. 고등학생 나이의 청소년들이 나와 랩 대결을 펼치는 프로그램이었다. 곡을 듣다가 눈물이 흐르는 걸 자각하고 나는 깜짝 놀랐다. 처음엔 이병재라는 래퍼의 읊

조리는 듯한 곡을 들었을 때였다.

가사는 열등감과 우울한 감정을 날것 그대로 내보이고 있었다. 그는 인간 삶의 필수 조건인 의식주 중 식주를 가사의 주요 소재로 삼는다. 거대 주상복합건물 인근 지하방을 자신의 삶의 위치로 지정하고, 화려한 주상복합 거주자들에게 묻는다. 그런 굉장한 곳에 사는 당신들은 어떤 기분이시냐고. 자신은 끼니 한 번 때울 때 6천 원이 넘어가면 겁이 나는데, 그런 으리으리한 곳에서 먹고 싶은 걸 아무렇지도 않게 먹는 그대들은 어떤 기분이시냐고 자꾸 묻는다.

나로 말하자면, 언감생심 거기서 살 능력도 없으면서 6천 원 이상의 밥을 아무렇지도 않게 사 먹는 사람이고 보니 뭐라고 대답을 해 줘야 할 것만 같았다.

김하온이란 래퍼의 곡에도 적잖은 충격을 받았다. 낭랑한 발음으로 호기롭게 또박또박 발음하는 랩에 감탄한 나머지 침을 질질 흘리기도 했다. 가사도 기가 막혔다. 인생이란 얼마나 허무하고 아름다우냐고, 왜 우린 존재만으로 행복할 수가 없느냐고, 우리는 어디서 왔다 어디로 가느냐고…….

아니, 뭐야 저 사람들 엄청 '간지' 나잖아. 딱히 힙합을 좋아하지도 않는데 그들에게 반해서 정신이 혼미해졌다. 멋있어…… 멋있다고오!

그런 나를 보며 동거인이 나직이 말했다. "중2병이냐?" 그 말은 "개똥철학과 갈 거냐?"라던 고2 담임의 말과 오버랩되며, 내가 왜 저들에게 매료되는지를 깨닫게 했다. 그들은, 필요 이상으로 진지하다. 너무 진지해서 유치한데 자신들은 유치한 줄 모른다. 유치한 줄 모르기 때문에 계속 폼을 낸다. 누군가 중2병이냐고 비웃으면 더욱 피 튀기며 진지해진다. 거기서 처절함과 진실함이 묻어난다.

참신한 표현력과 남다른 실력은 바로 남들이 중2병이라 비웃는 그런 자세에서 나오고 있었다. 강렬한 열망을 느꼈다. 나도 그들처럼 세상모르게 유치하고 싶었다. 그렇게 유치하더라도 충분히 아름답고 싶었다.

동시에 궁금했다. 어느 시대, 어느 나라에나 당신들과 같은 이가 있었다는 사실을 알고 있는지. 당신 같은 이들을 보며 나처럼 가슴 벅차하는 기성세대가, 그래 기성세대가 있었다는 사실을 알고 있는지.

"나는 대체로 젊은이의 열정적인 처녀작을 좋아

하는 사람, 정말 그런 것을 지독할 정도로 사랑하는 사람입니다. 그건 뿌연 연기와 안개, 그 속에서 울리는 현악기의 소리와 같은 것입니다. 당신의 논문은 불합리하고 공상적이지만, 그 속에는 진실성이 담겨 있습니다. 그 속에는 청년의 청렴결백한 기상과 절망적인 용기가 담겨 있습니다. 그 논문은 암울한 것입니다. 그러나 그 암울함도 훌륭합니다."[52]

위 말은 도스토옙스키 장편 《죄와 벌》에서 주인공을 계속 살인자로 몰아가는 예심판사 뽀르피리가 한 말이다. 라스꼴리니꼬프는 대학 시절 '특별한 사람'이 저지르는 범죄는 합리화될 수 있다는 논지의 논문을 썼는데, 뽀르피리가 말한 데뷔작이란 바로 그 논문을 가리킨다. 이 논문은 라스꼴리니꼬프를 전당포 노인 살인 사건 용의자가 되게 하는 데 중요한 역할을 한다. 뽀르피리는 노련하고도 필사적인 자세로 상대를 잡아넣고야 말겠다는 의지를 불태운다.

○○○

52) 《죄와 벌》

재미있는 점은 그의 의지는 단순한 직업의식도 아니었고, 대(對)범죄 혐오감도 아니었다. 뽀르피리는 라스꼴리니꼬프에게 강렬한 호감을 느끼며 빠져들고 있었다. 불합리하고 공상적이지만 이색적인 데다 진실하고, 암울하지만 훌륭하며, 청렴결백한 기상과 절망적 용기가 엿보이는 논문, 그 논문을 쓴 라스꼴리니꼬프에게 매혹되고 있었다.

나는 《죄와 벌》의 백미를 꼽으라면 주저 없이 이 두 사람의 쫓고 쫓기는 심리전이라고 말하고 싶다. 사실 뽀르피리는 라스꼴리니꼬프가 가장 유리한 타이밍에 자수하게 하려고 갖은 애를 쓴다. 그의 언변과 신문 기술이 뛰어나 얼핏 라스꼴리니꼬프를 궁지로 모는 듯 보이지만 사실은 애원하고 있다. '제발 최소 형량을 받도록 자수해 주겠니? 넌 너무 아름답단 말이야, 짜식아.'

나는 그가 품은 라스꼴리니꼬프에 대한 지극한 관심을 《고등래퍼 2》를 보고서야 완전히 이해할 수 있었다.

이병재와 김하온의 랩은 자기 파괴적이고 회의적인가 하면, 허무맹랑할 정도로 사변적이며 이상주의적이다. 그래서 많은 성인에게는 유치하게 들린다. 성인들은 그들에게서 자기 연민과 몽상에 빠진 '루저'의 싹을 본다. 하지만 그들의 또래는 물론 나 같은 유의 성인에게 감동을 준 이유는 그 유치함에서 나온 새로움이었다.

이병재는 패배자인 자기 기분을 일방적으로 강요하는 대신, 그런 자신을 보는 "그대들의 기분이 어떠신가요"라고 묻는다. 김하온은 "우린 어디서 어디로 가는 중인가"라는 돈 한 푼 안 나올 법한 문장을 매우 실재적이고 응당 고민해야 할 문제인 양 또박또박 발음한다. 그들의 역발상, 타인의 시선을 두려워하지 않는 용기를 성숙한 성인이 지닐 수 있을까.

물론 궁금하기도 하다. 아니, 왜 저런 사람들이 굳이 서바이벌 프로그램에 나와 경쟁을 할까? 경쟁이야말로 그들이 자퇴를 하고 자해를 하고 명상으로 마음을 다스려야 할 상황에 처할 만큼 혐오했던 대상 아닐까.

> 그 상황에서 나는 수치스러운 행동을 하나 더 했다. 그들에 대한 막연한 적대감을 누그러뜨리면서 내 의견을 토로한 것은, 내 자신의 지혜를 자랑하려는 겉치레 감정에 의한 것은 아니었지만 여전히 '그 누군가의 동조를 받고 싶다'는 내면적인 바람 때문

> 이었다. 스스로가 좋은 사람으로 인정받고 사랑받고 싶다는, 혹은 그와 비슷한 것을 원했기 때문이다.[53)]

도스토옙스키 5대 비극 중 하나로 꼽히는, 제목부터 《미성년》인 이 소설의 주인공이 한 말에서 단서를 찾을 수 있다. 구태여 경쟁 프로그램에까지 나와서 자신을 보여 주는 이유는 경쟁 자체를 위해서라기보다는 자기 목소리를 세상에 내기 위해서이지 않았을까. 세류에는 부합하지 못하고 있지만 그래도 자신이 선택한 길이 세상에서 인정받을 만하고 동조 얻을 만하다고 확인받기 위해서이지 않았을까. 내가 마치 학급일지 참고 사항 난을 굳이 온갖 아포리즘으로 채워 넣었듯이 말이다. 물론 어느 순간 내게 그런 건 애들이나 하는 짓이 되어 있었다.

고등학생에서 대학생이 되고, 대학생에서 사회인이 되면서 나는 지질해 보이면 안 된다, 너무 진지하게 굴어서 타인이 불편함으로 느끼게 해서는 안 된다, 즉 불행감에 젖어 있는 걸 들켜서는 안 된다는 생각에 사로잡혔다. 말하자면 시

○○○

53) 《미성년》

크하고 싶었다. 그렇게 함으로써 유치함을 잃었고, 결국 정말 필요한 진지함이나 참신한 발상도 잃었다.

그렇다 해서 이제 와 두 래퍼들처럼 나를 표현할 자신은 없다. 그런 삶을 십수년 차 사회인인 나는 도저히 받아들일 수가 없다.

다만 적어도 '내 인생의 참고 사항' 난은 여전히 유효하다고 믿고 싶다. 누구도 눈여겨보지 않을 나만의 참고 사항 난을 오로지 자신을 위해서 비워 두고 끄적거려도 좋지 않을까. 그곳에서는 여전히 오글거림과 중2병이 돋고 있고, 비련의 주인공 놀이가 펼쳐지고 있으며, 허무맹랑한 공상들이 매우 실재적이고 응당 생각해 봐야 할 문제로 제시되어 있다. 그곳에서만큼은 그 모든 것이 매우 소중하고도 진지하게 취급되는 것이다. 어쩌면 누군가는 그 참고 사항 난을 흥미롭게 봐 줄 수도 있을 테고, 그러면 나는 그 사람과 대단히 훈훈한 대화를 나눌 수 있지 않을까.

시… 철학…
사람은 무엇으로
사는가.
삶이란
무엇인가…
이 길의 끝은 뭘까…

공과금… 보험…
…이게 다 뭐지?
저녁 뭐 먹지…
월급은 언제 나오나….

백치

미쉬낀

나스따시야

예빤친 장군

가브릴라

로고진

또쯔끼

사람의 마음을 단숨에 사로잡는 법 (1)
: 일단 패를 드러내 보일 것

면접, 소개팅, 업무상 미팅 등 낯선 사람과 대면할 때 상대의 호감을 얻으려면 어떤 면모를 갖추어야 할까? 어떻게 하면 상대의 마음을 사로잡을 수 있을까?

우선 외모가 중요하다. 부인하지 말자. 우린 시각적 정보에 휘둘리는 원초적 인간이란 사실을 인정해야 한다. 미적 기준이야 저마다겠지만 빛나는 눈동자, 훤칠한 키, 또렷한 이목구비, 센스 있는 옷차림과 선한 인상을 지닌 사람에게 호감을 느끼지 않기란 얼마나 어려운가. 거기에다 상황에 맞는 뛰어난 화술, 특정 분야에서의 탁월한 실력, 자신을 적당히 숨기며 궁금증을 자아내는 신비주의 전략까지 겸비했다면 거의 완벽하다.

그런 사람을 보면 누군가는 툴툴거릴 만도 하다. 아오, 인생 이렇게 불평등하기냐? 그러나 낙담하긴 이르다. 인간이 괜히 사회적 동물이 된 게 아니다. 설령 자신이 원초적 매력이 부족하더라도, 화술이 뛰어나거나 어떤 분야에 월등한 실력이 없더라도 타인의 마음을 사로잡을 수 있다. 비법은 생각보다 단순하다. 바로 '솔직함'이다.

솔직함? 학벌도, 집안 배경도, 남다른 스펙도 아닌 솔직함? 어디서 약을 파냐고 눈을 부릅뜨는 이들에게 이분을 소개한다.

러시아 미쉬낀 가문의 마지막 남자, 레프 니꼴라예비치 미쉬낀 공작. 이분이 도스토옙스키 장편 《백치》의 주인공 그 '백치' 되시겠다. 이 남자가 왜 백치인지는 소설 시작부터 드러난다.

집도 절도 없고, 부모도 형제도 없고, 주머니가 가볍디가 벼운 스물여섯의 이 남자는 그나마 가진 거리곤 몸뚱이 하나밖에 없다, 라고도 말하지 못할 형편이다. 오랫동안 경련과 발작을 동반하는 신경 질환을 앓아 온 공작은, 누군가의 원조로 스위스로 요양을 떠났다가 러시아 뻬쩨르부르그로 돌아온다. 그곳에 있는 연고라곤 생면부지여서 친척이라고

하기에도 뭣한 웬 공작 부인뿐이다. 이렇다 할 계획도 없이 귀국하는 셈인데, 3등칸 열차 안에서부터 그의 '백치미'가 폭발한다. 웬 남자 둘과 나누는 대화를 듣다 보면 그들이 공작을 비웃고 있단 사실을 쉽게 알 수 있다. 로고진이란 자가 공작에게 묻는다.

> "선생의 전 재산이 그 보따리 속에 들어 있는 것이오?"

옆자리 앉은 중년 남성 레베제프가 맞장구친다.

> "틀림없이 그럴 거요. (…) 수하물 칸엔 아무런 짐도 없겠지요. 물론 가난은 죄가 아니라지만, 가난이 줄줄 흐르는 게 눈에 보이는데 어떡하오?"[54]

그러곤 그들은 웃는다. 잠시도 아니고 아주 그냥 실컷 웃는다. 초면에 상대의 빈궁한 행색을 가지고 저렇게 놀리기

○○○

54) 《백치》, 김근식 옮김, 열린책들, 2009년

도 어려운 일이다. 게다 미쉬낀은 아무리 가난해도 무려 공작씩이나 되니, 분노를 표한다 해도 이상하지 않겠다. 욕을 퍼붓고 주먹 한 대 날려도 어색하지 않을 상황이란 뜻이다. 하지만 공작은 욕과 주먹 대신 웃음을 날린다. 그뿐만 아니라 자신도 그들과 함께 웃는다. '네네, 딱 알아맞히셨네요. 제 전 재산이 이 보따리뿐이랍니다'란 의미에서다. 여기에 더해 자신의 병, 극빈한 상황 등을 부끄러움 없이 설명하고 인정한다.

보기 드물게 솔직한 사람이어서였을 것이다. 로고진이란 남자 역시 갑자기 자신의 치부를 고백한다. 자신이 한 여자 때문에 얼마나 바보 같은 짓을 했는지, 그 여자에게 어떤 집념을 갖고 있는지 술술 털어놓는다. 급기야 초면에 참 하기 어려운 말까지 한다.

> "공작, 왜 그런지 모르겠지만, 당신이 퍽 마음에 들어요. 아마, 이런 순간에 당신을 만나서 그런 게 아닌지 모르겠네요. (…) 공작, 내게 오시오. 그 볼썽사나운 각반을 벗겨 주고 최고급품의 수달피 외투를 입혀 주겠어요. 연미복도 제일 훌륭한 것으로

맞춰 주고, 조끼도 하얀색 아니면 원하는 색으로 맞춰 주겠어요. 그리고 주머니에다가는 돈을 가득 넣어 줄 테니까……."[55)]

러시아에 친지 하나, 친구 하나 없던 공작은 이렇게 귀국 열차 안에서 솔직함 하나로 상대를 무장해제시키고 호방한 친구를 만든다.

공작의 백치미는 가는 곳마다 발휘된다. 그는 뻬쩨르부르그에 도착해 예빤친 장군의 부인, 즉 미쉬낀 가문에 마지막 남은 공작 부인을 찾아간다. 오로지 자신과 성씨가 같다는 이유만으로 말이다. 물론 순탄치 않다. 문전에서부터 그 집 시종에게 하대당한다. 시종은 처음부터 그의 차림새와 보따리를 번갈아 가며 수상쩍게 쳐다보고 이런저런 정보를 캐며 눈빛으로 말한다. '정말 미쉬낀 공작이신가요? 공작이라고요?' 이를 눈치챈 공작이 천진하게 대답한다.

"확실히 말하지만 나는 당신에게 거짓말을 하지

○○○

55) 위의 책

않았으니, 당신이 나에 대해 책임질 일이 없을 거요. 보따리를 들고 있는 내 모양새가 이렇다고 해서 놀랄 것은 하나도 없어요. 지금 나의 형편이 과히 좋지 못해서 그런 거니까요."[56]

시종은 이 난데없는 솔직함에 변명한다. "죄송합니다. 저는 외견만 보고 그렇게 물어본 겁니다." 그러면서도 공작이 손이라도 벌리러 왔는지, 그러다 자신이 주인에게 꾸지람이라도 듣지 않을지 걱정이 이만저만이 아니다. 결국 설마 잘 데도 없어서 이 집에서 머물 작정이냐고 노골적으로 묻기까지 한다.

이쯤 되면 공작이 눈에 힘 빡 주고, 어깨 치켜올리고서 어디 사람을 겉모습만 보고 판단하려 드느냐고, 감히 공작인 나에게 그렇게 무례하냐고 한마디 할 법도 하다. 혹은 주뼛거리다 되돌아 나올 만한 상황이다. 하지만 공작은 진심을 다해 말한다.

○○○

56) 위의 책

"아니오. 그럴 마음은 없습니다. 나보고 여기서 살라고 해도 그럴 생각은 없어요. 난 그저 인사를 드리러 왔을 뿐이지 다른 의도는 없습니다. (…) 난 미쉬낀 공작이고 예빤친 장군 부인 역시 미쉬낀가의 마지막 공작 부인이기 때문이오. 나하고 그분을 제외하면 이제 미쉬낀 공작 가문 출신의 사람은 한 사람도 없죠."[57]

어렵사리 예빤친 장군을 만나서도 같은 상황이 반복된다. 장군은 공작이 어디 빌붙으러 온 건 아닌가 싶어 가진 자 특유의 무성의한 자세로 대한다.

"이렇게 통성명을 하는 게 대단히 반갑소. 하지만 (…) 때로는 볼일이란 것도 생기게 마련이라오……. 게다가 난 아직 우리 사이에 공동 관심사가 있다고 보지는 않소……. 말하자면 이렇게 만나야 될 이유 같은 것 말이오……. (…) 한데 공작, 분명히 하기

○○○

57) 위의 책

위해 한마디만 더 합시다. 우리가 친척이 된다는 말은 어불성설 같아요."

한마디로 내 집에서 썩 꺼져 달란 뜻이다. 공작이 꾸밈도 가식도 없이 상냥하게 답한다.

"그러니 이제 자리에서 일어나 나가 달라는 말씀이시죠? (…) 안녕히 계십시오. 소란을 끼쳐 드려 죄송합니다."[58]

외려 명랑하게 웃기까지 하면서 무척이나 상냥한 눈빛으로 말한다. 이때부터였다. 장군은 돌연 걸음을 멈추고 전혀 다른 시선으로 공작을 본다. 이어 두 사람의 대화가 계속되면서 그의 가난한 주머니 사정, 거처도 정하지 않은 상황, 지병에 의한 발작으로 거의 백치가 되었다는 것, 먹고살아 볼 계획이긴 한데 특정한 계획도 없다는 사실이 드러난다.

자신의 궁색한 형편을 설명하면서도 공작은 자세와 몸가

○○○

58) 위의 책

짐에서 품위와 세련미를 풍긴다. 좋은 교육을 받은 흔적이 분명히 드러난다. 더욱이 무언가를 숨기려 하지도, 과장하려 하지도 않은 채 파란만장한 자신의 상황을 설명하는 이 젊은 남자에게 장군은 기꺼이 도움을 주고 싶어 한다. 그리하여 간절한 맘으로 묻는다. 뭐, 특출 난 재주가 없니?

공작은 그 자리에서 성심을 다해 자신의 유일한 특기인 서예 솜씨를 뽐낸다. 다행히 장군은 감탄하며 관청에 일자리를 마련해 주는 데 이어 거처까지 마련해 준다. 공작은 괜한 자격지심 따위로 사양하는 법도 없이 감사한 마음으로 덥석 수락한다.

그렇다면 공작은 애초 목적대로 장군의 부인을 만났을까? 물론이다. 그날 바로 미쉬낀가의 마지막 공작 부인뿐 아니라 그녀의 지적이고도 엉뚱하고도 품행 방정한 세 딸과도 만나 참으로 기나긴 대화를 나눈다. 과연 한 치 앞도 예상이 안 되는 이들의 관계가 어떻게 전개될지 궁금해진다.

나 역시 열차 안의 로고진과 예빤친 장군처럼 《백치》를 읽기 시작하고 얼마 안 돼 백치미 '뿜뿜' 하는 이 공작에게 빠져들었다. 도스토옙스키 소설 주인공들은 대체로 '지하 생활자' 같은 존재들이기에 단숨에 매력을 느끼기가 어려웠다. 그런 점에서 공작은 대단히 새로운 존재였다.

아니, 이 남자 뭐야? 어쩌자고 이렇게까지 솔직하지? 이 정도 형편이라면 열등감으로 똘똘 뭉쳐도 모자라지 않을까? 그래서 자신의 허약함과 궁색함을 감추기 위해 적당히 거짓말을 일삼거나 허세를 부려야 원만한 사회생활을 할 수 있지 않을까? 혹은 비뚤어질 대로 비뚤어져 타인에게 공격적으로 구는 편이 인지상정 아닐까? 지병으로 백치가 되었기에 가능한 걸까? 의문은 더욱 깊어졌다.

무언가 숨기거나 꾸밀 필요를 전혀 느끼지 못하는 정신 상태로 사는 건 어떤 기분일까? 이럴 수 있다는 건 열등감을 느끼지도 스트레스를 받지도 않는다는 뜻일 텐데, 상대적 박탈감으로 자괴감에 빠지지 않는 내적 힘을 어떻게 갖추게 되었을까? 혹시 백치 콘셉트로 사람의 마음을 얻기 위한 고도의 전략일까?

한 가지 확실한 건 이것이다. 어떤 면모든 특출하다면 그건 타인에게 깊은 인상을 준다. 더욱이 그 면모가 '천진함+솔직함' 같은 긍정적인 조합이라면 상대의 마음은 절로 움직인다. 그런 의미에서 최근 국내 서점가와 강연가를 휩쓰는 주제인 '타인의 마음을 얻거나 타인에게서 자신을 보호

난 좀 바보지만,
그 대신 좀 웃겨요!
치킨이
온다네—
치킨 댄스으—

하는 법'에 미쉬낀 공작의 면모를 추천하는 바다.

- 타인이 자신을 아주 잘 알도록 솔직해져 볼 것.
  (백치라고 의심받을 만큼.)
- 패 따위는 숨기지 않을 것.
- 그렇게 해도 매력 뿜뿜 할 수 있다는 사실을 믿어 볼 것.
  (미소 띤 얼굴로 세련되고도 상냥하게 말하면 더욱 효과적이라는 사실을 기억할 것.)

사람의 마음을 단숨에 사로잡는 법 (2)
: 먼저 자기 자신을 잘 알 것

UCLA에서 한 조사가 이루어졌다. 참가자들에게 호감에 관련된 500개가 넘는 형용사에 점수를 매기게 했다. 다음 중 가장 높은 순위를 기록한 형용사는 무엇일까?

① 지성적인(intelligent)
② 타고난 매력이 있는(attractive)
③ 사교적인(gregarious)
④ 진심의(sincere)

정답은? ④번. 여기에 더해 '투명성(transparency)', '타인을 잘 이해하는 능력(capacity for understanding)'이 함께 높은 점수를

얻었다.[59] 진심과 투명함은 지금 이 글의 화두인 '솔직함'과 같은 선상에 있다는 점에서 눈여겨볼 만한 결과다.

여전히 의문은 든다. '한없이 투명에 가까운 솔직함'만 있으면 타인의 마음을 단숨에 얻을 수 있을까? 진심으로 말하고 행동한다 해서 그것이 그 사람의 매력으로 작용할까? 있는 그대로 자신을 내보였다가 무시당하거나 이용당하지 않을까? 가령, 앞장에서 살폈던 도스토옙스키 장편 《백치》의 주인공 미쉬낀 공작이 사람들의 마음을 얻을 수 있었던 이유를 '솔직함'이란 단어 하나로 정리할 수 있을까?

사실, 열차 안에서 공작의 남루한 행색을 가지고 농담 따먹기를 하고 낄낄거린 두 남자도 솔직했다. 그들은 겉으론 예의를 차리는 이중적 모습은 보이지 않았다. 그들뿐이 아니다. 공작이 러시아에 도착하자마자 방문한 먼 친척 집안의 비서 가브릴라라는 남자도 솔직했다. 그는 초면부터 노골적으로 공작의 어리숙하고 남루한 모습을 낮잡아 본다. 그 집 공작 부인과 그녀의 세 딸의 신임을 단박에 얻었을 때에도 말이다. 이 네 여인과 긴 대화를 마치고 나온 공작을

○○○

59) 《허프포스트》, 2015년 10월 7일, '13 Habits of Exceptionally Likeable People'

전, 사실 집에서
테레비 보면서
치킨 먹는걸 좋아해요.

두근!

붙들고 가브릴라가 추궁한다.

> "그런데 어떻게 해서 (…) 어떻게 했길래 당신은 (이 백치야!? 그는 혼잣소리를 덧붙였다) 처음 만난 지 두 시간 만에 그런 신임을 받을 수가 있게 된 거요? 어떻게 그렇게 된 거요?"[60]

아니, 백치 따위가 자신의 고용주 집안 사람들을 구워삶다니, 그로서는 도저히 받아들일 수 없었다. 공작은 이런 가브릴라의 속도 모르고 태연히 "그걸 어떻게 설명해야 될지 모르겠군요"라고 말한다. 가브릴라는 크게 화를 낸다. "빌어먹을! 당신이 무슨 짓을 했기에! 뭐가 맘에 들어서?"

가브릴라의 노골적인 추궁은 집요하다. 공작에게 그들 모녀와 무슨 대화를 나눴는지 말하라고 닦달해 댄다. 공작은 계속 이러저러했다고 있는 그대로 말할 뿐이다. 가브릴라는 질투와 불안감에 더욱 공격적으로 나온다. "오! 이런 못 말리는 백치."

○○○

60) 《백치》

사실 공작 부인의 세 딸도 그의 솔직함과 천진함에 끌리면서도 의아해했다. 자매들만 남았을 때 첫째 딸이 말한다. "좋은 사람이야. 하지만 지나치게 순진해. (…) 그래, 너무 지나칠 만큼." 둘째 딸도 동의한다. "그래서 약간은 우스꽝스럽기도 해."

그럴 법도 하다. 자신은 병이 있어서 연애를 못 해 봤다는 둥, 모든 사람이 멸시하는 어떤 여성의 친구로 지냈다는 둥 묻는 대로 술술 말하는 이 사람이 우아하고 지적으로 보이진 않았을 것이다. 그런데도 이 소설 속에서 환심을 사는 사람은 공작뿐이다. 왜일까? 공작의 솔직함은 무엇이 다를까? 다음에서 찾아볼 수 있다.

욕설을 퍼붓는 가브릴라에게 묵묵부답이던 공작이 예기치 않은 말을 한다.

> "한 가지 말해 둘 게 있어요, 가브릴라. (…) 예전에 나는 정말로 건강이 안 좋아 거의 백치에 가까웠던 때가 있었지요. 그러나 오래전에 건강을 되찾아 지금은 정상이에요. 그런데도 면전에서 나를 백치라고 부르니까 기분이 좀 언짢군요. (…) 당신은 화를

내면서 벌써 두 번씩이나 나에게 욕설을 퍼부었어요. 나는 그런 걸 원치 않아요. 특히 당신처럼 초면일 때는 더욱 그렇지요."[61]

공작의 더없이 솔직한 태도에 가브릴라는 당황해한다. 창피한 마음에 얼굴이 새빨개져 제발 용서해 달라고 구걸한다. 이때부터였다. 가브릴라는 공작에 대한 솔직한 자세를 버린다. 남모르게 아니꼬운 눈초리로 쳐다보며 이렇게 생각하는 것이다. '갑자기 가면을 벗었어……. 이건 뭔가 있는 거야. 어디 두고 보자!'

두 남자의 관계는 가브릴라의 약혼녀가 나타나며 더욱 복잡해진다. 그 약혼녀가 천하의 팜므파탈인 까닭에 온갖 남자들이 함께 등장하기 때문이다. 그녀가 바로 이 소설의 또 다른 주인공 나스따시야다.

나스따시야에게는 양아버지인 동시에 정부(情夫)인 남자로부터 받은 거액의 결혼 지참금이 있고, 가브릴라는 이 지참금을 차지하고자 그녀의 양아버지가 추진하는 결혼 프

○○○

61) 위의 책

로젝트에 동의한다. 가브릴라의 여동생과 어머니는 이 결혼이 못마땅하다. 나스따시야가 가난한 살림을 꾸려 가는 자신들을 비웃으며 모욕까지 했기 때문이다. 그런데도 가브릴라는 오로지 약혼녀를 두둔하기만 한다. 결국 여동생은 말다툼 끝에 오빠의 얼굴에 침을 뱉는다. 불같이 화가 난 가브릴라는 손찌검을 하려 든다. 팔을 치켜올린 그때 우리의 공작이 그의 손을 잡아 막기는 하는데, 이에 더 화가 난 가브릴라가 공작의 뺨을 치고 만다. 공작은 흥분하지 않고 나스따시야에게 말한다.

> "당신은 정말로 그런 사람이에요? 아니에요, 절대로 그럴 리가 없어요!"[62]

그때부터 나스따시야는 공작을 예의 주시한다. 그뿐만 아니라, 과연 가브릴라와 결혼해도 좋을지 공작에게 묻기까지 한다. 그 자리에 동석한 누군가가 불만스럽게 묻는다. 이 일에 왜 공작이 끼어들지? 대체 공작이 무엇이기에? 나스

○○○

62) 위의 책

따시야의 대답이 걸작이다.

> "나에게 있어서 공작은 일생에서 최초로 내 마음을 맡길 만한, 진정으로 믿을 만한 분이에요. 그분은 첫눈에 나를 믿었고, 나 역시 마찬가지예요."[63]

여기에서 우리는 UCLA의 실험을 다시 한번 떠올릴 필요가 있다. 사람들에게 가장 높은 점수를 받은 표현 중 하나는 '타인을 이해하는 능력'이었다. 미쉬낀 공작은 세상 어느 여자도 협잡으로 진행되는 결혼을 달가워할 리 없다고 생각했을 테고, 나스따시야가 순순히 응할 사람이 아니라는 점도 알아보았다. 나스따시야를 이해한 것이다. 더욱이 그녀는 공작이 진심을 다해 자신의 생각을 말해 주리라 생각했을 터. 그렇다면 공작은 결혼해도 되느냐는 나스따시야의 질문에 뭐라고 대답했까? 제3자 입장에서 점잖은 태도로 모든 선택은 당사자에게 달린 것이니, 후회하지 않을 선택을 하라는 하나 마나 한 말을 했을까? 아니다. 민망할 정

○○○

63) 위의 책

도로 솔직하게 외친다.

"하…… 하지 마세요. …… 결혼하지 마세요!"[64]

의문은 있다. 공작이 순수한 의도에서 '이 결혼 반댈세'라고 외친 걸까? 나스따시야의 미모에 감탄한 나머지 완벽하다고 극찬했던 공작이고 보니 더욱 그렇다. 미심쩍음투성이지만, 이것만은 분명하다. 자신의 정부를 포함해 많은 남자의 마음을 쥐락펴락하는 나스따시야도 초면에 공작에게 사로잡혔다. 이 모든 일이 그가 러시아로 온 지 하루도 안 되어 일어났다. 가진 것 하나 없는 백치미의 주인공 미쉬낀 공작이 어쩌다 이런 능력, 즉 사람의 마음을 단숨에 사로잡는 능력을 발휘하게 되었을까? 정말 솔직함 때문이라면, 의아한 점도 있다. 그가 만났던 다른 사람도 솔직했다. 그의 솔직함은 무엇이 달랐던 걸까.

그는 우선 자기 자신을 잘 알았고 그런 자신을 받아들였다. 공작은 자신이 고아이고 가난하다는 것을 알았다. 게다

○○○

64) 위의 책

고질병인 신경 질환으로 한때 맹해 보였다는 사실도 알았다. 사람들에게 백치로 보일 만했다는 점을 그대로 인정한 것이다.

하지만 그는 자신이 백치가 아니라는 사실을 분명히 인지했다. 그랬기에 가브릴라의 무례함에 분명하게 불쾌함을 표현해 상대를 긴장시켰고, 먼 친척인 공작 부인의 세 딸에게서는 '좋은 사람이지만 지나치게 순진한 사람, 그래서 우스꽝스럽지만 그러면서도 기묘한 사람'이라는 평가를 받았다. 공작이 세 딸에게 들려주는 다음 내용을 보면 그의 이런 면이 더욱 분명해진다.

> "사람들과 함께 지낸다는 것은 아마 지루하고 힘들 거라고 생각하고, 우선은 그들 모두에게 공손하고 솔직해야겠다고 마음먹었어요. (…) 무슨 이유에서인지 모두들 나를 백치로 여기고 있어요. 사실 언젠가 나는 병 때문에 백치와 흡사해 보였던 적이 있었지요. 그런데 지금 내가 무슨 백치란 말인가요? 사람들이 나를 백치로 여기고 있는 것까지 본인 스스로 알고 있는데 말입니다. 난 사람들 속으로 들어

> 갈 때 이렇게 생각합니다. '사람들은 나를 백치로 여기고 있지만 나는 현명한 인간이다. 저들이 그걸 깨닫지 못하고 있는 거다…….'"[65)]

공작의 이런 마음가짐도 모른 채 가브릴라는 처음에 그를 만만한 상대로 생각했다. 겉보기에 초라하고 흐리멍덩해 보이는 그를 좌지우지할 수 있다 판단했지만 뚜껑을 열고 보니 전혀 달랐다. 공작은 자신의 마음가짐 그대로 겸손했지만 분별력이 있는 사람이었고, 자기 생각과 감정에 솔직한 사람이었다. 가브릴라는 결국 사람들이 공작을 백치라 부르게 된 원인을 도저히 알 수 없다고, 오히려 공작은 만만한 구석이 조금도 없는 사람이라고 생각하기에 이른다. '솔직한 사람=만만한 상대' 등식은 성립하지 않은 셈이다.

소설 속 다른 등장인물들과 가브릴라의 솔직함이 빛을 발하지 못한 이유는 단순하다. 그들이 솔직했던 대상은 자신이 아니라 타인이었기 때문이다. 더 정확히는 타인의 약함이었기 때문이다.

○○○

65) 위의 책

솔직함은 그 내용이 자기 자신일 때 빛을 발한다. 타인의 장점을 인정하고 칭찬하는 것도 호감을 얻는 방법이겠지만, 자신을 있는 그대로 내보이는 용기에 타인의 마음은 더 크게 움직이지 않을까. 상대에게 자신도 진심을 내보여도 안전하겠단 느낌을 주니 말이다.

따라서 사람의 마음을 단숨에 사로잡고 싶다면 자기 자신을 잘 알 것, 그런 자신을 받아들일 것, 솔직함의 대상을 자기 자신으로 둘 것.

마성의 여인,
인생의 주도권을 쥐다

오래전 내 '구남친'은 휴머니스트였다. 인정이 뚝뚝 흐르는 따뜻함이 좋아 손에 꼽을 연애사에서 그와 가장 오래 만났다. 하지만 누군가 왜 헤어졌느냐고 묻는다면 역시 그가 너무 따뜻했기 때문이라고밖에 할 말이 없다.

우리가 남남이 될 수밖에 없었던 결정적 계기는 그가 사랑의 상처로 심신을 다친 나머지 일상을 영위하기 힘들다고 고백한 한 여성에게 의지가 되고 싶어 했기 때문이다.

마지막까지 그는 상대가 상처를 극복할 수 있도록 따뜻한 연인이 되어 주면서도 나와의 관계를 유지하려는 계획을 세웠는데, 연애에서 배타적 독점권을 전제 조건으로 생각했던 나는 그와 헤어진 뒤 한동안 심신의 건강을 잃은 채 지내야 했다. 어떤 휴머니스트는 모순되게도 누군가에겐 가장 비인도적 존재가 될 수도 있었다.

그 뒤 나는 세상 못돼 처먹은 여자가 돼 보고 싶었다. 순정 따위에 콧방귀 뀌면서 이 남자 저 남자 후리며 살아 보고 싶었달까. 마성의 러시아 여인 나스따시야처럼 말이다.

도스토옙스키 장편 《백치》의 여자 주인공 나스따시야는 나이를 불문하고 모든 남자를 그녀 앞에서 약자로 만드는 여인이다. 남다른 미모를 타고난 데다 어린 시절부터 상류 문화와 사교계에서 훈련되어 세련된 자태를 뽐냈다. 그뿐만 아니라 상대가 누구든 자신을 섬기는 게 당연하다는 듯한 도도함이 치명적인 매력으로 작용했다. '똘끼'까지 충만해서 도저히 종잡을 수 없는 성격은 상대를 쩔쩔매게 만드는 하나의 힘이 되었다. 누군가는 그녀를 '환상적이고 악마적인 아름다움'을 소유했다 표현할 정도였다.

나스따시야는 가는 곳마다 남성 추종자를 몰고 다녔다. 온갖 질 낮은 소문도 몰고 다녔다. 자연히 세간에서는 문제적 여성으로 취급당했다. 하지만 개의치 않았다. 거액을 건네며 청혼한 남자와 결혼식 날짜까지 잡고 사라지기를 반복하는가 하면 술집에서 몸싸움을 벌이기도 했다. 상류사회 문화와 에티켓은 점차 걷어치웠다. 방랑하는 듯 살면서도 남자들이 자신을 추종하도록 했다.

궁금했다. 그런 마성은 어디에서 올까? 얼마나 자기 자신을 사랑하면 그런 치명적인 매력을 지닐 수 있을까?

응당 그래야 한다는 듯, 남자 주인공 미쉬낀 공작도 첫눈에 나스따시야에게 빠진다. 백치미와 통찰력의 절묘한 조화를 내보이며 타인의 마음을 움직이는 공작만은 좀 다를 줄 알았으나 오히려 더했다. 그녀의 양아버지가 추진하는 나스따시야의 혼약에 반대하고 나설 정도였다. 다만 여느 남자들과 공작이 느끼는 감정은 조금 달랐다. 그는 그녀를 소유하고 싶어 하지도, 노예처럼 복종시키려 하지도 않았다. 그는 그녀를 가여워했다. 가는 곳마다 무례할 만큼의 마성을 휘둘러 대는 그녀이건만 무엇이 그리도 가여웠을까? 소설 전반부를 보면 나스따시야의 어린 시절이 10여 쪽에 걸쳐 요약되어 있다.

소싯적 가문의 몰락과 함께 부모까지 잃은 그녀는 또쯔끼라는 대부호의 후견으로 양육된다. 그는 처음에는 영지 집사에게 그녀를 맡기다 다음엔 고급 교육을 전수해 줄 스위스 가정교사에게, 그다음엔 여성 소지주에게 그녀를 맡겨 놓고 어쩌다 한 번씩 찾아가는 식으로 자기 존재를 각인한다. 그 각인의 방식이 참 불온했다. 그는 후견인이자 부성애가 넘치는 양아버지가 되는 데에 만족하지 않는다. 소설에는 직설적으로 표현되진 않지만, 또쯔끼는 발군의 미모를 발하는 나스따시야가 16세가 되었을 때부터 그녀를 성적 대상으로 대했다. 그녀는 소위 순결이 더럽혀진, 알 만한 사람은 다 아는 또쯔끼의 정부(情婦)였다.

문제는 이 또쯔끼가 근 50줄에 들어서 다른 여자와 결혼하려 할 때부터 시작된다. 나스따시야는 돌변했다. 그간 한 번도 볼 수 없었던 적대감, 조소와 증오, 소름 돋는 깔깔거림을 시전하는 나스따시야를 보며 또쯔끼는 이 골칫덩어리를 떼어 내기 위한 프로젝트에 돌입한다. 바로 다른 남자들을 붙여 그중 하나에게 시집을 보내 버리는 것. 거액의 결혼 지참금을 주면 설령 자기 정부였대도 누군가는 결혼하리라고 생각한 것.

19세기였다. 일가친척 하나 없는 미성년의 여자였다. 자신을 경제적으로 양육했으며 좋은 교육을 받게 해 주었을 뿐더러 사치스러운 사교계를 경험하게 해 준 중년 남성이었다. 계산이 빠른 여자라면 중늙은이와 결혼하는 것보단 거액의 지참금을 챙겨 젊은 남자와 결혼하는 게 훨씬 이익이라고 생각할 법도 하다. 또는 완전히 자신의 인생을 좌우했던 남자이니 철저히 길들여져 그의 뜻에 고분고분하게 따랐을 수도 있다.

하지만 나스따시야는 달랐다. 그런 협잡에 의한 결혼을, 유린의 세월을 네, 하며 넘길 여성이 아니었다. 그녀는 또쯔끼에게 두려움을 안겨 준다. 또쯔끼는 돈으로도 회유할 수 없는 이 여자가 자신의 명예로운 결혼에 먹칠을 하리라는 두려움에서 헤어날 수 없다. 제발 나스따시야 시집보내기 프로젝트가 성사되기만을 바라고 바랄 뿐이다. 대체 나스따시야의 이런 힘은 어디에서 나오는 걸까?

도스토옙스키는 사실상 가진 게 하나 없는 나스따시야가 이렇게 위협적일 수 있는 이유를 이렇게 설명한다.

> 나스따시야는 아무것도 존중하지 않았다. 그 무엇보다도 그녀는 자신을 존중하지 않았다(그녀는 이미 오래전부터 그녀 자신을 존중하지 않았으며, 그녀의 감정은 물불을 가리지 않을 만큼 심각한 상태

에 이르렀다. (…) 또쯔끼가 이러한 사실을 추측해 내어 믿을 수 있게 되기까지는 대단한 지혜와 통찰력이 필요했다). 나스따시야는 짐승같이 혐오스러운 이 사내를 실컷 욕되게 할 수만 있다면, 시베리아에 유형을 가는 한이 있더라도 자신을 처절하게 파멸시킬 준비가 되어 있었다.[66]

에? 자신을 존중하지 않았다고? 파멸이라고? 그런 치명적인 매력이 자신을 존중하지 않는 데서 나왔다고? 나는 잠시 어리둥절했다.

말하자면, 오랫동안 유린당해 오다 버림받은 탓에 파괴적 성향을 보이는 여인이 나스따시야였던 것이다. 마성은 그렇게 자기 파괴적 심리에서 나오기도 했다.

물론 미쉬낀은 그저 추종하거나 그녀를 이용해 먹기에 바쁜 다른 남자들과는 달리 심연의 바닥에서 허우적거리는 나스따시야를 한눈에 알아보았다. 나스따시야는 그런 남자를, 그가 비록 백치미 폭발하는 데다 초라한 가난뱅이일지

○○○

66)《백치》

연애 코치
Dr. 나스따시야
그렇지!
세상의 반이
남자라구요.
흥
가고 싶으면 가라!
내가
먼저 연락하나 봐라.
이쯤 되면
연락 올 때가 됐는데…

라도 사랑하게 됐다. 이 시점에서 나는 몇 가지 질문을 자신에게 던지게 되었다.

첫째, 나는 정말 나스따시야처럼 되고 싶었을까? 그랬다. 실연을 당하자 잃을 게 없는 듯했기에 전혀 다른 존재가 되고 싶었다. 또쯔끼에게 실연당한 나스따시야가 갑자기 완전히 다른 존재로 돌변했듯이 가능하다면 나도 달라지고 싶었다. 쉬운 일이 아니었다.

나는 치명적인 팜므파탈은 되지 못했다. 나스따시야처럼 어려서 혼자 되지도, 누군가의 정부가 되지도, 협잡에 의한 결혼을 강요당하지도 않았다. 그래서였을까. 나는 세상의 많은 것을 존중했고 자신을 존중하기 위해 늘 고군분투하는 인간이었다. 마성이란 게 홀로 되고, 버림받고, 이용당한 결과로 출현하는 놈이라면 영 내 것이 되긴 틀린 셈이었다.

둘째, 나의 휴머니스트 구남친은 나스따시야였을까, 미쉬낀이었을까? 여성 편력이 꽤 있었으니 나스따시야 같기도 하고, 곤경에 처한 이들에게 인간애가 넘쳤던 걸 생각하면 미쉬낀 같기도 하다. 하지만 그에겐 나스따시야 같은 마성도, 미쉬낀 같은 통찰력도 없었기에 딱히 어느 쪽으로 구분할 수는 없다.

다만 타인이 겪는 고통에 위로가 되는 데에서 자기 존재 가치를 찾았던 그를 내가 측은해했다면, 그렇게밖에 자기 존재감을 확인하지 못하는 그 사람의 내면을 내가 들여다봐 줬다면 우리 관계가 좀 더 건설적이었을까? 물론 그가 그것을 원했는지 알 수 없는 노릇인 데다 무엇보다 나는 그럴 수가 없었다.

실패할 때가 더 많기는 했어도 궁극적으로 나는 자신을 존중하고자 부단히 애썼기에 우리는 서로 구남친 구여친이 될 수밖에 없었으며, 10년이 지난 지금은 참 다행이었다고 생각한다. 내 딴에는 인생에 마성을 발휘했던 셈이다.

스쩨빤치꼬보 마을 사람들

예고르 일리치 로스따네프

포마 포미치

세료쟈

가브릴라

우아하게 '을'이 되는 법 (1)

도스토옙스키 소설을 읽기란 쉬운 일이 아니다. 한 사람을 긴 풀 네임, 약칭, 여러 애칭으로 불러서 누가 누구인지 판단하는 데 시간이 걸리도록 하는 불친절함, 하루 이틀 밤 이야기를 1000쪽 이상의 분량으로 풀어내는 집요함과 심오함에 임하기가 마냥 즐겁지만은 않다. 대체 내가 왜 이 인간 소설을 이렇게 파고 있나 회의감을 느낄 즈음이었다. 도스토옙스키가 날 대체 뭘로 보는 거냐며 뒤통수를 한 대 쳤다. 《스쩨빤치꼬보 마을 사람들》이란 소설을 통해서였다.

나는, 도스토옙스키를 읽고 싶은데 시작할 엄두를 못 낸다는 사람이 있다면 서슴지 않고 이 소설을 추천하고 싶다. 1859년 이 소설이 발표됐을 당시에는 평단의 좋은 평을 받지 못했다고는 하지만 작가는 이 작품에 큰 자부심과 애정을 품었다고 한다. 작가 입장에서는 그럴 만도 했다. 이야기 자체만으로도 상당히 재미가 있고, 장편치고 짧은 분량이어서 언제 다 읽나 하는 심리적인 압박감도 안 주고, 무엇보다 매력적인 조연이 등장한다.

소설은 화자가 스쩨빤치꼬보 마을을 유산으로 받은 삼촌의 편지를 받고 그곳으로 찾아가면서 시작된다. 편지에 따르면 화자는 어쩌면 그 집 가정교사와 결혼할지도 모를 운명. 왠지 싫지 않은 기분을 안고 스쩨빤치꼬보로 향하는 화자는 삼촌만 떠올리면 그저 좋은 생각밖에 들지 않는다. 자신의 학업과 생활을 뒷바라지한 아주 좋은 사람인 삼촌은 온화함의 지존이고, 가진 것에 만족하는 현명한 사람인데, 거기다 마을까지 유산으로 물려받아 어엿한 지주가 된 행운의 사나이였다. 뭔가 플러스, 플러스 기운이 감도는 인물이랄까.

물론 화자의 결혼이 뜻대로 이루어졌다면, 삼촌이 영지와 사람 관리 능력까지 탁월했다면 이 소설은 탄생하지 못했을 것이다. 화자는 그곳에 당도한 순간 장애물과 맞닥뜨려야 했다. 포마 포미치라는 삼촌네 식객이 그 장애물이었다.

포마로 말하자면 재산도 없고 신분도 불투명한 사람이지만 말발로 뭇사람의 마음을 사로잡아 실제로 주객을 전도해 버린 중년 남성이다. 그 세 치 혀가 얼마나 대단했는지 주인의 마음까지 사로잡아 집안에서 왕이자 신처럼 군림한다. 사슴을 가리켜 말이라고 할 정도의 처세랄까. 아주 그냥 사기꾼 기질을 타고나셨다.

성미는 또 얼마나 고약한지. 그는 타인을 짓뭉개고, 얕거나 틀린 지식을 과시해 상대가 모욕감을 느끼는 모습을 보며 자신의 존재 가치를 느낀다. 그 자신도 괴팍한 고용주 밑에서 일했던 포마는 그보다 훨씬 비인격적으로 사람들을 대한다. 빈부귀천을 안 가리고 상대를 질책하는가 하면 걸핏하면 누구라도 지도 편달하고 자신의 변덕에 비위를 맞추게 하는 데에서 삶의 의미를 느낀다.

게다 남을 하대하는 만큼 자신도 쉽게 모욕감을 느낀다. 포마는 화자의 등장을 자신에 대한 큰 도전이자 모독이라고 느낀다. 주인 양반이 자신을 무시해서 학벌 있는 조카를 불러왔다고 생각하기 때문이다.

문제는 삼촌이 이 포마 앞에서 쩔쩔맨다는 것. 삼촌뿐 아니라 삼촌의 어머니부터 시작해 그 집안과 관련된 모든 사람이 포마를 황제처럼 떠받든다는 것.

그렇다면 화자는 이 식객 포마 포미치의 폭력적인 월권에 반기를 들까? 애석하게도 화자는 주변에서 구시렁거리기만 할 뿐 아무 일도 하지 않는다. 사실 거의 모든 등장인물이 포마의 추종자이거나, 포마를 이해하기 위해 노력하거나, 불의 앞에서 입 다물고 있다. 단 한 사람, 그 집안 피고용인인 노예 가브릴라 빼고는 말이다. 이 사람이 바로 이 작품에서 유일하게 신선하고 호감이 가는 인물이다.

가브릴라와 포마의 갈등이 촉발하는 지점은 다름 아닌 프랑스어 때문이다. 포마가 자신에게 무례했다는 이유로 느닷없이 가브릴라에게 프랑스어를 가르치겠다고 나섰기 때문. 모국어인 러시아어를 제대로 읽을 수 있는지 알 수 없는 이 노인은 느닷없는 외국어 공부 압박에 큰 스트레스를 받는다. 동료 노예들은 프랑스 놈이라고 비아냥거리기까지 한다. 아니, 대체 프랑스어가 뭐라고.

17세기 말 왕실에서부터 시작된 러시아의 프랑스 열풍으로 상류층이라면 유창한 불어 실력쯤은 갖추는 게 상식이 되었고 그것이 도스토옙스키가 살았던 19세기까지 이어지고 있었다. 마치 해방을 전후로 해 우리나라에서 영어 좀 섞어 쓰면 단순히 한 가지 외국어 실력이 있단 뜻이 아니라 교양과 지식과 사회적 성공을 겸비한 사람으로 비친 것과 같았던 모양이다.

혈통을 정확히 알 수 없는, 그러나 자신은 상류층 중의 상류층이라 주장하고 강조하는 포마가 사람들 앞에서 가브릴라를 모욕하기로 결심한다.

> "어이, 프랑스인, 무슈 셰마통(사기꾼 씨), 이놈은 무슈 셰마통이라고 부르면 못 참거든요. 그래 숙제는 했나?"
>
> "다 외웠습니다." 머리를 숙이며 가브릴라가 대답했다.
>
> "그러면 당신은 프랑스어로 말할 수 있습니까 Parlez-vous français?"
>
> "예, 나리, 조금 할 수 있습니다 Oui, monsieur. Je le parle un peu……."67)

---

67) 《스쩨빤치꼬보 마을 사람들》, 변현태 옮김, 열린책들, 2010년

귀족들이 모인 자리에서 가브릴라의 어눌한 프랑스어 발음이 울려 퍼진다. 그 자리에 있는 모든 사람이 배를 잡고 웃어 대기 시작한다. 누군가는 깔깔거린다. 그는 더 이상 참지 않고 말한다. "이 나이가 되어서 도대체 이런 모욕을 당하다니!" 그러자 모욕감을 느끼는 데에 남다른 재주를 겸비한 포마가 몸을 부르르 떤다. "뭐? 너 뭐라고 했냐? 지금 함부로 굴 생각이냐?" 가브릴라는 분연한 마음에 말한다.

> "난 말입니다, 포마 포미치 나리, 비록 이 집안의 노예이기는 하지만 태어나서 지금처럼 모욕을 당해 보기는 처음입니다!"

동석했던, 사람 좋기로 유명한 그의 고용주인 화자의 삼촌이 가브릴라를 만류하려 하지만 그는 오히려 생기를 띠면서 계속 말한다.

> "포마 포미치, 나 같은 것은 당신 앞에 나가면 추악한 사람입니다. 한마디로 말해, 노예이지요. 하지만 그래도 화가 나요! 노예로 태어났고, (…) 내가

언제나 당신의 시중을 들고 노예처럼 굴어야만 하는 것은 당연한 거지요. (…) 그것이 바로 나의 의무일 테니까. 필요해서 내가 시중을 드는 일이라면 나는 전적으로 만족해서 그 일을 할 거요. 하지만 이 나이가 되어서 무슨 괴상한 짐승처럼 짖어 대게 만들어 사람들 앞에서 모욕을 받게 만든다면! (…) 포마 포미치 나리, 바보인 나뿐만 아니라 많은 선량한 사람들이 모두 한목소리로 말하고 있어요. 당신은 지금 사악한 인간이 되어 버렸고, 우리의 주인 나리는 당신 앞에 나서면 마치 어린아이가 되어 버린다고 말입니다."[68]

포마는 소리를 빽 지르며 '반역'이라고 짖어 댔다(멍멍). 그의 추종자들 역시 가브릴라에게 수갑을 채우라면서 세상에 그런 난리도 없을 만큼 소란을 피웠다. 아, 그 뒤 상황이 어떻게 전개될지 자못 궁금했다. 그래서 가브릴라는 어떻게 되는 거지? 응?

○○○

68) 위의 책

안타깝게도 소설은 주인공들의 사건으로 급회귀해 가브릴라가 어떤 심경에 젖었는지 알 수가 없었다.

나로서는 도스토옙스키에게 유감이었다. 남의 집에서 왕처럼 군림하는 포마, 그를 숭배하는 주인집 할머니부터 시작해 사기꾼, 모사꾼, 광대, 술주정뱅이, 한심하고 무능한 주인, 말로만 떠들 뿐 방관자인 화자까지 어디 하나 정상인 사람이 없는 그 집안에서 가브릴라야말로 유일하게 건강한 정신과 자존감을 지닌 인물이었기 때문이다. 아무리 주인공이 아니기로서니 그다음을 다뤄 주지 않다니! 그렇게 인상적으로 묘사해 놓고 헌신짝처럼 버리다니! 도 선생님, 정말 이러시깁니까.

그나마 확실한 한 가지, 가브릴라는 강제 퇴사당하거나 권고사직당하지 않았다는 것이다. 귀족에게 또박또박 말대꾸했다는 이유로 수갑에 채워지는 일도 없었다. 왜였을까? 아마도 그것은 그가 자신이 할 일이 무엇인지 잘 아는 사람으로서 성실하고 유능했기 때문이 아닐까. 그는 무엇보다 자신이 누구이고 제 업무는 무엇이며, 자신이 어디까지 부당한 상황을 용납하고 그럴 수 없는지 제대로 인지하고 있었다는 점에서 남달랐다.

아마도 그는 집안 괴짜 귀족들이 벌이는 소동극 언저리에서 제 할 일을 계속했을 것이다. 소설에 등장하지 않은 순간에도 이 소동극 가운데에서 자신이 어떤 일을 해야 할지 살폈을 것이다.

역시나, 소설 결말부에 이르면 그가 다시 한번 등장한다. 이번에도 포마 때문이다. 사사로운 일로 사람들을 쥐 잡듯 하는 포마가 마침내 더 이상의 모독을 참지 못한 주인 양반에게 내동댕이쳐졌을 때, 그를 사라지게 하라는 주인의 명을 받은 사람이 바로 가브릴라였다.

가브릴라는 벼락과 비바람을 뚫고 마차에 포마를 태워 달려 나간다. 누군가는 그의 퇴출을 가로막고자 울부짖고 흐느꼈다. 누군가는 깊은 안도의 한숨을 쉬며 이 상황을 관망하기만 했다. 물론 사람 좋은 주인 양반은 결국 자기 행동을 후회하며 노심초사하고, 모든 사람이 포마가 귀가할지 아닐지에 집중하는 동안 자기 할 일에 충실한 사람은 가브릴라뿐이었다.

> 그 순간 문이 열리면서 가브릴라가 나타났다. 그는 비에 흠뻑 젖고 온통 진흙투성이가 되어, 당황해

> 하는 사람들 앞에 나타났다. (…) 그를 따라 모두가 호기심에 차서 노인을 둘러쌌다. 노인에게서는 흙탕물이, 문자 그대로 시내를 이루며 흘러내리고 있었다.[69]

진흙투성이가 된 그가 사람들의 질문에 명료하게 답한다. 포마는 지금 자작나무 숲에 있다고, 옆구리를 다쳐 울고 있는 상태라고. 그 말과 함께 가브릴라는 또다시 소설 속에서 사라진다.

나는 다시금 소설 밖에 있는 그의 모습을 상상했다. 주인공이 포마를 찾으러 허둥지둥 나가고, 모든 사람이 포마만을 생각하는 속에서 한구석으로 조용히 물러나는 가브릴라를 떠올렸다. 진흙투성이가 된 비옷과 신을 벗고, 바닥에 널브러진 마른 천으로 머리의 물기를 털어 내는 그가 소란을 피우는 귀족들을 체념한 듯 바라본다. 보일 듯 말 듯 고개를 저으며 사치와 거짓과 모욕과 기만과 허영의 소용돌이에 휩싸인 귀족들을 바라본다. 옳고 그름을 판단할 수 없는

○○○

69) 위의 책

가브릴라,
나만은 당신이 여기서
제일 우아한 사람인 걸 알아요.

소동극 한가운데에서 아무도 주목하지 않는 제 일을 하고서 그 속에 휩싸이지 않는 그의 시선, 그 시선만큼 세상에서 우아한 것이 있을까.

우아함, 기실 그것은 부유함의 부속물로 여겨지기 십상이다. 의식주는 기본이고, 지성과 외양을 둘러싼 고급문화를 고민 없이 누릴 때 우아함을 갖출 수 있다고 생각하기 쉽다. 따라서 노예로 태어났기에 가난했고, 가난했기에 우아한 삶은 상상할 수 없었을 가브릴라와는 거리가 먼 단어라 생각하기 쉽다.

하지만 자신이 할 수 있는 일을 성실하게 하며 제 한 몸을 건사하는 사람들, 비록 자신의 고용인이라도 모욕을 준다면 참지 않는 사람들, 여행도 의식주도 학업도 필요 이상의 소비 대상으로 전락해 박탈감을 안겨 주는 현실에 매몰되지 않고 자기만의 인생을 살아가는 사람들만큼 우아한 이들이 있을까. 땅콩 봉지 하나 때문에 큰 모욕감을 느껴 여객기를 회항시켰던 한 항공사 회장의 자식으로서는 절대 지닐 수 없는 미덕이 있다면 바로 이러한 우아함일 것이다.

나는 혹여라도 가브릴라의 시선을 다시 만날 수 있을까 싶어서 끝까지 소설을 읽어 나갔지만 아쉽게도 그는 더 이상 등장하지 않았다. 하지만 그는 곳곳에 있을 것이다. 나의 출퇴근길에, 별생각 없이 들른 식당과 편의점에, 길거리 건물 공사장 등 어디에나 있을 것이다.

우아하게 '을'이 되는 법 (2)

도스토옙스키 장편《노름꾼》은 여러 가지로 유명하다. 장편《죄와 벌》을 쓰는 동안 27일 만에 완성했다는 것, 그것도 구두로 완성한 소설을 속기사 안나가 문자로 옮겨 출판사로 넘겼으며, 그 뒤 도스토옙스키의 청혼으로 두 사람이 결혼했다는 것, 이 소설을 쓸 당시 작가 자신도 도박으로 인해 돈에 쪼들리며 급하게 완성했다는 사실 등 제목만큼이나 흥미로운 비하인드 스토리가 많다.

그런 뒷이야기를 떠나 무엇보다 이 소설은 무척 재미가 있다. 제목만 보면 도박 이야기 같다. 물론 도박하는 사람들이 어떤 심리로 중독되는지도 잘 그려져 있지만, 이 소설에는 여러 타입의 인간이 만들어 내는 천태만상이 자연스럽게 어우러져 있다. 삼각관계, 유산을 둘러싼 귀족들의 속물근성, 채무 관계 등이 도박이라는 소재와 이렇게 저렇게 맞닿아 흥미롭게 전개된다.

그중 나는 장군 댁에서 일하는 '또라이' 같은 가정교사가 정말 흥미로웠다. 이 주인공은 귀족이며 대학의 박사 후보생이다. 하지만 가정교사라는 직업 때문에 전혀 존중받지 못한다. 자신도 자조하듯 말한다. "러시아인들 사이에서 가정교사라고 불리는 사람이 얼마나 하찮은 존재인가." 장군은 그와 겸상하지 않으려 하고, 장군의 손님인 프랑스인 후작은 그가 하는 모든 말에 조롱하는 빛을 숨기지 않는다.

물론 여기에 굴했다면 이 주인공이 그렇게 매력적일 수는 없을 것이다. 이 가정교사는 분명 그의 고용주인 장군이 달가워하지 않을 걸 알면서도 같은 식탁에 앉아 동석한 이들을 불편하게 하는 대화를 이끌어 간다. 그래서는 곤란했다. 장군은 그 후작에게 큰 빚이 있었고, 후작의 사촌 누이에게 푹 빠져 이성을 잃은 상태였다. 그런데도 가정교사는 후작에게 시비조의 이야기를 건넴으로써 고용주, 후작, 사촌 누이를 불편하게 한다.

아슬아슬하게 가정교사 일을 이어 가던 어느 날이었다.

심각한 사태가 발생한다. 장군이 예우를 갖추어야 할 한 남작 부인에게 가정교사가 말실수를 저지른 것이다. 부인에게 모욕적인 말을 건넸고, 옆자리에 있던 남작이 공식적으로 그의 고용주인 장군에게 클레임을 걸어왔다.

"야, 장군. 네가 고용한 직원 나부랭이가 감히 나와 내 부인을 모욕했다. 감히 가정교사 따위가! 야, 너 걔 해고해! 안 그러면 가만 안 있겠다!"

그러지 않아도 눈엣가시 같던 가정교사가 사고를 치자 장군은 분노를 참지 못한다. "자네 날 우습게 보는 거야, 뭐야!" 그런 실수를 한 데는 나름의 사정이 있었지만 가정교사는 우선 그 이유는 뒤로하고 변명을 늘어놓는다. 컨디션이 안 좋았다, 신경과민에다 쉽게 흥분에 빠지는 상태였다, 병이 있어서 그랬으니 남작 부인에게 용서를 빌겠다. 장군은 더는 이 가정교사를 두고 보지 않는다.

> "자네는 남작 부인과 남작에게 용서를 구하지 않아도 돼. 순전히 용서만을 바랄 목적이라 하더라도 자네가 그들과 관계를 갖는다는 것은 어쨌든 그들에게는 너무나 모욕적인 일이 될 테니 말이야. (…) 이

해가 가나? 자네가 나를 어떤 꼴로 만들어 놓았는지 이해가 가느냔 말이야? 나는 어쩔 수 없이 남작에게 용서를 빌었고 또 약속을 했네. 당장 오늘부터 자네를 내 집에 들여놓지 않기로 했단 말이야……."

해고 통보를 받은 것이다. 이때부터였다. 가정교사의 태도가 달라진다.

"이 일의 책임은 바로 장군님 자신에게 있습니다. 어째서 장군님이 저를 대신해서 남작님께 책임지겠다고 나섰습니까? 제가 장군님 집안에 속하는 사람이라는 표현이 도대체 무슨 말씀입니까? 저는 단지 장군님 집에 있는 선생에 불과합니다. 그 외에는 아무것도 아닙니다. 저는 당신의 자식도 아니고 당신의 보살핌을 받고 있는 것도 아닙니다. 그러니까 제 행동에 대한 책임을 장군님이 질 수 없는 것입니다. 저 또한 법률적으로 권한을 갖는 한 인간이고 나이도 스물다섯 살입니다. 대학의 박사 후보생이고 귀족입니다. 그리고 장군님과는 완전히 남남입니다."[70]

나는 진심으로 감탄했다.

뭐야, 왜 이렇게 멋있는데.

왜냐하면 나라면 내 언행이 고용주의 체면과 인간관계에 흠을 냈다니, 용서를 구하느라 정신을 잃고 해고 통보라는 중요한 문제를 뒤늦게 인지했을 것이기 때문이다.

그는 자신이 가정교사라는 직업상 그 집에 머물며 집안 사람들과 접촉하고 있지만 보살핌을 받는 것도, 자식도 아니라고 말한다. 무엇보다 법률적으로 엄연히 성인이라는 것이다. 너무나 명징한 사실인데 장군의 해고 통보에 가정교사가 이렇게 대응했다는 사실에 나는 놀랐고, 연이어 그렇게 놀란 나 자신에게 놀랐다. 난 도대체 그동안 어떻게 일해온 거냐? 그는 다시 한번 자신의 생각을 분명히 한다.

> "전 늦어도 내일 이른 아침 안으로 남작님에게 직접 요구하겠습니다. 문제를 일으킨 상대가 나였음에도 불구하고, 나를 마치 자격이 없거나 스스로를 책임질 수 없는 사람으로 취급해 버린 채 나 이외의

○○○

70) 《노름꾼》, 이재필 옮김, 열린책들, 2010년

다른 사람을 상대한 이유에 대해 정식으로 설명해 줄 것을 요구하겠다는 말입니다."[71]

장군은 겁을 먹으며 그를 회유한다. 잠시 해고된 것처럼 지내다가 복귀해라, 월급도 차곡차곡 쟁여 두겠다, 네가 그러면 내가 난처하다. 그를 경멸하기만 했던 프랑스인 후작도 중재에 나선다. 남작은 당신을 용서하지 않을 테고, 해명을 요구해 봤자 결코 성공할 수 없을 것이다, 너만 손해다, 봉급도 그냥 받을 수 있다, 어느 모로 보나 '개이득'이다!

애석하게도 가정교사에게는 먹히질 않는다. 왜였을까? 그들이, 그 귀족들이 결코 눙치고 넘어갈 수 없는 무엇을 건드렸기 때문이다. 그것은 삶의 주도권 문제였다.

남작은 나를 마치 장군의 하인 취급하면서 나에 대한 불만을 장군에게 호소했는데, 바로 그것 때문에 첫째, 내가 일자리를 잃게 되었고 둘째, 내가 마치 자기 한 몸도 책임지지 못하는 사람처럼 그리고

○○○

71) 위의 책

같이 애기할 가치도 없는 사람처럼 업신여김을 당했다는 요지였다.[72)]

설득에 실패할 듯하자 프랑스인은 사탕을 발라 가며 말한다. 너의 친절함과 현명함과 재치를 믿는다고. 당신을 친가족처럼 맞아들이고 또 아끼고 존중하는 집안을 위해서 하는 말이라고. 그러자 가정교사가 빽 소리를 지른다. "무슨 말씀입니까, 나는 쫓겨났다는 말입니다!"

가정교사는 자신이 장군의 집안이나 권세에 속해 있다고 생각하지 않았다. 그곳은 단순히 일자리였고, 자신은 약속했던 노동력을 제공할 뿐이었다. 자기 인생에 문제가 생긴다면 그걸 해결할 권리는 오직 자신에 있었다. 자기 인생은 자신이 대변할 뿐이었다.

브라보! 브라보!

나는 그에게 정말 박수를 쳐 주고 싶었다.

대학을 졸업할 무렵이었다. 동기 하나가 친구들에게 단체

○○○

72) 위의 책

문자를 보냈다.

'드디어 형님이 S맨이 되었다!'

나는 그 동기와 친분이 없었고, 그래서 문자도 받지 못했기에 그 소식을 전하는 또 다른 친구에게 S맨이 무엇이냐고 물었다. 우리나라 대표 대기업 S사의 사원이 되었다는 소리였다. 아마도 그 대기업의 위상이 곧 자신의 위상이라고 생각했던 듯하다. 지금 같으면 "그래, 열심히 해 보라고 해라" 하고 넘겼을 일이었지만 당시만 해도 냉소의 화신이었던 나는 코웃음을 쳤다. "아니, 뭐 그렇다고 제가 이 씨 일가야? 왜 단체 문자로 애들 염장을 질러?"

우리나라 노동 계약서에 의하면 모든 직장인은 '을'이다. 슬퍼할 일이 아니다. 사전에 의하면 을이란, (1) 둘 이상의 사물이 있을 때 그중 하나를 가리키는 말 (2) 차례나 등급을 매길 때 둘째를 이르는 말이다. 노동 계약서에서 갑을이란 (1)번을 가리키지 (2)번을 뜻하지 않는다.

물론 현장에서는 그렇게 간단하지 않다는 점 잘 안다. '을'이라는 존재가 (2)번 뜻으로 퇴색된 나머지, 어떻게든 살아남기 위해 직장 내에서 라인을 타느라 비겁해지기도 하고,

부당한 수모를 견디기도 해야 하며, 사적인 요구일지라도 때로 고용주나 상사의 기대치에 부응하는 척이라도 할 수밖에 없게 되었다. 때로 개인 생활과 업무적 상황이 겹치기도 해 애매해질 때도 있다. 아무리 애써도 완전하게 피해 갈 수 없는 순간이 온다는 말이다.

그렇다고 해서 삶의 주도권까지 내어 줄 수는 없는 노릇이다. 직장에서 누군가 나보다 유리한 위치에 있다고 해서 내 삶까지 좌우하려 할 때, 즉 내 삶의 주도권이 본인에게 있는 양 굴려 할 때 거절할 만한 지혜와 배짱은 필요하다. 그러자면 우선, 내 인생의 모든 행운과 불운을 스스로 만들어 가고 감당하겠다는 주인 의식이 가장 필요하지 않을까. 물론 나는 아직 멀었단 걸 알았다. 《노름꾼》의 가정교사의 대처에 정말 놀랐으니 말이다.

소심한 사람이 내딛는 행복의 첫걸음

'소심'이라는 단어를 한 검색 사이트에 넣어 보니 '소심 테스트'라는 게 나왔다. 그 밑에 '소심 지수'라는 것도 나왔다. 자신이 어느 정도로 소심한지 알아보자는 오락성 테스트인데 과학적 실험인지 아닌지를 떠나 질문 항목들에 재미와 공감을 느꼈다. 가령 나는 다음 항목들에 'Yes'를 누르거나 높은 점수를 주었다.

- 나는 뒤에서 누군가 수군거리면 내 얘기를 하는 것 같다.
- 드립을 치려다 슬그머니 말을 줄인 적이 있다.
- 스트레스가 쌓이거나 화가 나면 주로 혼자 있는 편이다.
- 누군가 밥을 사 주면 다음에 어떻게 갚을까 걱정한다.

다행이라면 다행일까. 나는 또 다른 항목들에는 망설임 없이 'No'를 누르거나 낮은 점수를 주었다. 가령 나는 나만 빼고 과자를 먹는 친구들이 있어도 섭섭하지 않고, 버스에서 벨을 잘못 눌러도 민망해하며 엉뚱한 정거장에 내리지 않고, 식당에서 음식이 잘못 나오면 잘못 나왔다고 말할 수 있을 정도의 대범함은 있었다. 그 결과 소심함과 대범함에 한 발짝씩 걸치고 있는 회색 인간이라는 결론이 나왔다. 뜻밖이었다. 티셔츠 한 장을 살 때도 고민을 거듭하는 인간이다 보니 소심함의 정도가 성골 수준에 이른 줄 알았기 때문이다.

소심이라는 단어를 굳이 검색해 본 이유는 사람들이 '소심'이라는 말을 얼마나 거부감 없이 사용하는지 궁금하기도 했고, 혹시 누군가 제안한 대체어가 있는지도 알고 싶어서였다. 대체어까지 찾아 헤맨 까닭은 이 남자 때문이었다. 그가 주변에 있다면 사람들은 너무도 간단히 '소심한 인간'으로 구획할 터였다.

여기 두 남자가 있다. 룸메이트인 두 사람은 서로를 위하는 마음이 지극하다. 일말의 질투심이나 경쟁심도 없이 상대가 하는 일을 응원해 준다. 연인조차 모르는 그이의 내밀한 연약함을 잘 알고 위로와 공감의 표현을 아끼지 않는다. "잘 있었니, 내 사랑! 오, 형제여! 나의 형제여!" 같은 말을 아무 망설임 없이 하는 사이다. 말만이 아니다. 실제로 할 수 있는 일을 몸소 한다. 두 사람은 가족보다 더 가족 같고, 연인보다 더 연인 같다.

천상 어디쯤에서나 볼 수 있을 법한 이 우정 이야기는 도스토옙스키의 단편 〈약한 마음〉에 나오며, 주인공들의 이름은 아르까지 이바노비치와 바샤 슘꼬프이고, 내 마음을 아프게 한 소심함의 주인공은 바샤다.

사실 나는 이 단편소설을 읽으면서도 이야기의 향방을 감지하는 데 많은 시간이 걸렸다. 도입부에서 내 멋대로 이 소설의 주요 갈등은 두 친구의 우정이 흔들리는 데서 올 거라고 예상했기 때문이다. 도저히 이런 완벽한 우정이 존재할 수 없다고 생각했다. 그럴 법도 했다.

바샤가 사랑하는 여인을 만나 결혼을 약속했다는 고백을 아르까지에게 한다. 두 사람은 기쁨에 젖어 서로를 바라보면서 대화를 나누는데, 갑자기 아르까지가 이렇게 말한다.

"너 어떻게 살려고 그러니? 보다시피 나는 미친 듯이 기뻐하고 있어. (…) 하지만 너 무슨 수로 살아갈 거니? 응?"[73]

말하자면, 너는 낮은 연봉을 받는 관청의 말단 직원인데 어떻게 결혼 생활을 할 수 있겠느냐는 뜻이다. 나는 대번에 아르까지의 진심을 의심했다. 룸메이트이자 '베프'인 바샤가 결혼한다고 하자 왠지 모를 배신감과 공허함을 느끼면서 조언을 해 주는 척 방해하는구나 싶었다. 하지만 아니었다. 그런 감정은 나같이 속 좁은 인간이나 느끼는 모양이었다.

바샤는 상사로부터 가욋일로 정서(글을 옮겨 적는 일)를 의뢰받았으며 이미 그에 합당한 비용을 받았다고 말한다. 며칠 내로만 이 일을 끝내 주면 된다는 말에 아르까지는 '뼛속까지' 기뻐한다. 그는 친구의 결혼을 응원하는 것은 물론 가욋일을 무사히 완수하도록 격려를 아끼지 않는다.

그는 이 순간 심지어 바샤를 어쩐지 더 존경하게

○○○

73) 《백야 외》, 홍지인 옮김, 열린책들, 2010년

> 되었고, 아르까지 이바노비치의 선량한 마음속에 애정 어린 연민의 고통을 항상 깊이 일으키는 바샤의 신체적 결함(신체적 결함에 관해서 독자는 여태껏 모르고 있었겠지만, 바샤는 약간 곱사등이였다)이 지금 그에게 더더욱 깊은 감동을 일으키는 것이었다. 이 감동은 특히 이 순간 아르까지가 그의 친구에게 품은 감정이며, 짐작하다시피, 바샤는 모든 면에 있어 이러한 감동을 받을 만한 충분한 자격이 있었다.[74]

그래도 나는 의심을 거두지 않았다. 두 사람이 약혼녀를 만나고 돌아온 뒤 나눈 대화를 보고 그럼 그렇지, 내 감이 틀리지 않았다고 확신했다.

아르까지는 바샤의 약혼녀에게 세 사람이 같이 살자고 제안하는가 하면, 나는 너를 사랑하듯 그녀를 사랑한다고, 그녀는 너의 천사인 동시에 나의 천사라고, 그녀는 내 안주인이기도 하다고, 너를 보살피는 것처럼 나를 보살피도록 해

○○○

74) 위의 책

달라고 요청한다.

나는 진심으로 경악했다. 바샤의 표정도 매우 좋지 않다. 마치 화가 난 듯하다. 아르까지는 계속 바샤의 눈치를 보며 그렇게 기분이 언짢은 이유를 캐묻는다. 답답하기 그지없었다. 아유, 이 자식아, 네가 말도 안 되는 소리를 했잖아. 결혼하고 같이 살자니, 친구 부인이 네 목도리를 새로 만들어 줄 거라느니, 그게 말이 되니? 하지만 바샤가 그렇게 경직된 이유가 밝혀지는 대목에서 정말 뒤통수를 얻어맞은 듯했다. 가윗일에 집중하는 듯하던 바샤가 갑자기 폭풍같이 고백한다.

> "아르까지, 나는 너를 속였어! 나는 너를 속였어. 용서해 줘 나를, 용서해 줘! 나는 너의 우정을 기만했어……."[75]

나는 바샤를 힘껏 응원했다. 자 어서 고백해. 아르까지의 도를 넘은 계획에 기분 나빴다고 말해!

○○○

75) 위의 책

하지만 이야기는 전혀 다른 방향으로 전개됐다. 바샤는 그가 정서했던 것들과 유사한 두꺼운 서류 뭉치 여섯 권을 서랍에서 꺼내 책상 위로 내던졌다. 의뢰받은 일의 분량을 속였던 것이다. 약혼녀에게 공을 들이고 결혼 약속까지 받아 내느라 벌써 받아 두었던 가욋일에 소홀했고, 친구에게 그 사실을 말하기가 부끄러워 작업 분량을 속였던 것이다.

나도 소설깨나 읽고 드라마깨나 봤는데 이건 전혀 예측불허였다. 아니, 지금 그러니까 우정에 금이 간 게 아니라 가욋일 일정에 문제가 생겼을 뿐이란 말인가. 그런데 어째서 이렇게까지 바샤가 초조해하고 죽을 듯이 괴로워하는 걸까?

바샤는 약혼녀가 이 사실을 알까 두려워한다. 무엇보다 자신에게 일을 맡긴 엄격한 상사를 실망시키게 될까, 그의 사랑을 잃게 될까 죽을 만큼 걱정스럽다. 안색이 창백해지고, 잠도 잘 수가 없고, 쉬지 않고 눈물이 흐른다.

아르까지는 바샤를 안타까운 눈으로 바라본다. 심지어 그의 상사를 찾아가 불가피하게 작업이 지체되었으니 일정을 조율하겠다고도 한다. 그럼에도 바샤의 상태는 시간이 흐를수록 심각해진다. 그는 자신이 그 약속 하나를 지키지 못함으로써 모든 것, 즉 상사의 총애와 약혼녀의 신뢰를 잃고 그 결과 결혼 자체를 망치게 될까 두려워한다.

결국 바샤는 관청으로 가 동료들에게 헛소리를 하기 시작한다. 업무 태만을 이유로 상사가 자신을 군대에 보낼 것이라는 착란에 빠져 버린 것이다. 마침내 상사에게까지 가 헛소리를 한다. “저는 신체적 결함을 가지고 있습니다. 힘이 약하고 몸집도 작습니다. 군 복무에 적합하지 않습니다.”

상사는 아르까지에게 묻는다. “어떻게 이런 일이? 어쩌다 그가 이렇게 되었지? 도대체 왜 그가 미친 건가?” 아르까지는 침통한 심정으로 말한다. “고마움, 고마운 마음에서입니다!”

웬 뚱딴지 같은 소리인가. 상사와 동료들은 당연히 아르까지의 설명을 이해하지 못한다. 세상의 누가 고마움 때문에 정신을 놓을 거라고 생각하겠는가.

바샤는 자기 처지에 아름다운 여인의 사랑을 받을 수 있단 사실에 황홀해했다. 상사의 총애를 받고 업무 외 일을 받아 경제적 안정을 꾀하고 결혼까지 하게 되었단 사실에 감당 못 할 정도의 기쁨을 느꼈다. 그는 이 소중한 두 가지를 반드시 지키고 싶었다. 그 마음이 너무 커서 그는 엄청난 중

압감에서 헤어 나오지 못했다.

가윗일은 시일을 다툴 만큼 급한 것도 아니었고, 약혼녀는 기꺼이 충실한 부인이 될 준비가 돼 있었으며, 가족보다 더욱 자신을 위해 주는 친구가 앞날을 축복해 주고 있었다. 그는 모든 걸 다 가진 남자였으니, 이제 행복할 준비만 하면 되었다.

도스토옙스키는 제목 '약한 마음'으로 바샤가 그럴 수 없었던 이유를 설명한다. 바샤의 마음은 이 행복을 당당하게 받아들일 만큼 강하지 못했다는 설명인 셈이다.

짐작할 만은 하다. 아마도 바샤는 신체적 콤플렉스로 인해 큰 마음고생을 하며 살아왔을 것이다. 어린 시절에는 철없는 친구들의 놀림 대상이 되었겠고, 평범하게 길을 걷다가도 누군가와 시선이 마주치면 혹시 내 굽은 등을 보는가 싶어 주눅 드는 일이 잦았을 것이다. 마음에 드는 친구나 이성이 있어도 다가가지 못했을 가능성도 크다. 더욱이 부유한 부모를 만나지도 못해 갖은 노력으로 겨우 관청의 말단 자리를 차지했을 것이다. 말하자면 그는 아주 소심한 사람이 되기 쉬운 환경에 처해 있었다.

아르까지는 점점 상태가 악화되는 친구를 보며 생각한다.

'바샤를 구해야만 해. 그를 자기 자신과 화해시켜야만 해. 그렇지 않으면 스스로 자신을 망치고 말 거야.'[76]

정확한 판단이었다. 행운 같은 연인의 애정도, 진실된 우정도 바샤의 약한 마음을 구원해 주지 못했다. 그를 구원할 수 있는 사람은 오직 자기 자신뿐이었다.

모든 사람이 어느 정도는 바샤와 같지 않을까. 내 뒤에서 누군가 수군거리면 내 얘기를 하는 건 아닌가 싶어 신경 쓰일 때, 어렵게 던진 유머에 분위기가 썰렁해져 나 자신이 싫어질 때, 주문한 짜장면이 아닌 짬뽕이 나왔는데도 아무 말 못 하고 꾸역꾸역 먹을 때, 상대의 요구를 잘 거절하지 못하는 데다 어렵사리 거절해도 미안한 마음이 들 때 우리 안에 있는 바샤가 고개를 드는 것 아닐까.

내가 소심하다는 표현에 거부감을 느껴 대체어가 있는지 검색을 해 봤다는 건 내 소심한 면을 부정하고 싶어서였을 것이다. 지금도 소심하다는 말 대신 다른 말을 찾고 싶다.

○○○

76) 위의 책

자, 어깨 펴고!
자신감 가지고!
오늘은 꼭 말하는 거다!
전, 못.하.겠.습.니.다!

가령 소설의 제목처럼 '약하다'가 더 낫지 않을까 고민한다. 혹은 '섬세하다' 정도는 어떨까?

어떤 표현이 됐든 한 가지 확실한 점은 자신의 마음이 약하다면 대범한 사람보단 덜 행복할 수밖에 없다는 것. 소심한 사람은 대체로 많은 경우의 수를 고려하는 섬세한 사람이기도 해서 타인에게 도움이 되는 존재들이다. 가령, 내가 주문한 짜장면 대신 짬뽕을 그냥 꾹 참고 먹으면 가게 주인 입장에서는 '땡큐'다. 썰렁해질 법한 유머를 던지지 않는다면 동석한 사람들은 '갑분싸'를 느끼지 않을 수 있다. 부탁을 가장한 무리한 요구를 들어주면 상대는 손 안 대고 코 푸는 격이 된다. 그만큼 자신은 불행해진다.

따라서 나는 마음이 약한 뭇 동지에게 함께 연습하자고 권하고 싶다. 누가 내 얘기를 하든 말든 상관없다는 마음가짐, 먹히든 안 먹히든 우선 '드립을 치고' 보는 뻔뻔함, 마음에 들지 않는 요구는 거절하는 용기, 사사로운 결정은 아무렇게나 내리고 보는 무성의함을 실현해 보자고.

사람은 쉽게 바뀌는 존재가 아니기에 갈 길이 멀게 느껴질 테지만 무엇이든 첫걸음이 중요한 법이다. 그런 의미에서 나는 내일 아침 뭘 입고 출근할지 고민하지 않고 식탁 의자에 걸쳐 놓은 어제 출근복을 그대로 입고 가겠고 점심시간엔 무조건 짜장면을 먹겠다.

우리 안에 있는 바샤는 친구 아르까지 눈에 그랬듯이 존경스럽고 사랑스러운 존재이지만, 그가 만약 자신의 행복을 받아들이기 위한 용기 있는 첫걸음을 내디뎠다면 더욱 사랑스러운 존재가 됐을 테니까.

악령

바르바라

스따브로긴

다샤

스쩨빤

리뿌찐

비르긴스까야

뒷담화와 침묵 사이

솔직히 '뒷담화' 듣는 게 재미있다. 정말 걔가 그랬대? 어휴, 부장이 그런 줄 몰랐네, 설마 팀장이 그랬을 리가, 따위의 가식적인 추임새를 넣다 보면 시간 가는 줄 모른다. 어머 내가 이런 말을 듣고 있으면 안 되지 싶다가도, 마치 햄버거와 프라이드치킨이 건강에 안 좋은 줄 알면서도 계속 먹듯 귀가 점점점점점 커진다. 아니 그래서 걔가 뭐랬는데? 더욱이 그것이 상사나 동료에 대한 뒷담화라면, 그건 거의 직장인의 필수 비타민이 된다.

상사에게 부당하게 질책을 받은 날, 동료가 업무를 떠넘겼는데 나도 모르게 받아들인 날, 가벼운 뒷담화만큼 정신 건강을 지켜 주는 것도 없다. 누군가를 몰래 욕하고 나면 열은 죄책감이 생겨서 억울함이 줄기도 하고(스트레스 감소), 나와 생각을 같이한 사람과 어쩐지 같은 편을 먹은 것 같아 마음이 든든해지기도 한다(유대감 강화).

실제로 2011년 심리학자 콜린 질은 "남을 두고 뒷담화하는 것은 스트레스와 불안을 감소해 주는 세로토닌 같은 긍정적 호르몬의 수치를 높여 준다"고 했으며, 2006년 텍사스대학교와 오클라호마대학교의 공동 연구진은 제3자에 대해 긍정적 이야기를 했을 때보다 부정적 이야기를 했을 때 더 결속력이 강해진다는 실험 결과를 도출해 냈다.[77]

물론 좋은 결과만 기대하긴 어렵다. 뒷담화로 마음이 가라앉은 지 오래지 않아 계속 뒷담화를 하고 싶은 스트레스 상황에 처한다. 자신도 어느새 "근데 있잖아, 사실 나도 들은 게 있는데……" 하면서 포문을 연다. 한번 열린 포문은 탄산음료를 들이켠 듯 탁탁 터져 시원한 느낌을 주지만 얼마 안 지나 복잡한 감정에 휩싸인다. 마치 뇌로 탄산음료 100병 마신 듯 기분이 영 더부룩해지는 것이다.

이유는 단순하다. 남 얘기란 것이 처음엔 가볍게 시작되

○○○

77) 《중앙일보》, 2018년 6월 18일, '뒷담화는 무조건 나쁘다?…우리가 몰랐던 뒷담화의 두 얼굴'

지만 어느 순간 선을 훌쩍 넘기 쉽다. 더욱이 뒷담화가 길어지고 반복될수록 내용은 원색적이거나 노골적인 비난으로 변하고, 허구까지 덧붙어 스트레스 해소와 유대감 증진이란 명분은 시나브로 증발한다. '우리끼리 허심탄회하게 얘기하고 공감과 위로를 주고받는 수준'을 넘어서면 뒷담화의 효용성은 퇴색된다.

도스토옙스키 장편 《악령》에 그 선을 아무렇지도 않게 넘는 인물이 나온다. 하급 관리 리뿌찐이다. 그는 이 소설에서 주변 인물일 뿐이지만 그가 하는 말에는 언제나 계략이 숨어 있어 주변 사람들을 괴롭힌다.

> 뭔가 불안한 성격에 관등도 낮았기 때문에 도시에서는 그(리뿌찐)를 거의 존경하지 않았고, 상류 사회에서도 그를 받아들여 주지 않았다. 게다가 그는 이미 여러 번 중상모략꾼으로 밝혀졌고, 한 번은 장교에게, 또 한 번은 한 가정의 존경받는 아버지이자 지주에게 혼난 적도 있었다. (…) 바르바라 뻬뜨로브나는 그를 싫어했으나, 그는 항상 어떻게든 부인의 기분을 맞출 줄 알았다.[78]

바르바라 뻬뜨로브나는 그가 잘 보이고 싶어 안달이 난 소설 주인공 중 하나다. 그녀는 지역 상류사회의 핵심 인물이었기에 리뿌찐은 그녀의 환심을 살 만한 말을 하거나 소식을 전하고자 애쓴다. 그만큼 상대의 약점도 빨리 알아챈다. 바르바라의 약점은 아들 스따브로긴이었다. 누구보다 준수하고 신사적이며 지성적으로 보이는 이 청년은 소설에서 '불안정한 정신'을 소유했다는 소문의 주인공이자 온갖 추문을 몰고 다니는 악의 축이다. 어머니 바르바라는 비상한 확고부동함, 굉장한 판단력과 실무적인 전술을 갖추었음에도 아들 문제에서는 약자가 된다.

바르바라는 아들에 대한 진상을 파악하기 위해 리뿌찐을 부른다. 소문대로 그가 정말 정신이 나갔는지 아니면 제정신인지 묻기 위해서였다. 바르바라가 어째서 그런 악수를 두었나 싶겠지만 소설은 리뿌찐이 비록 불온한 사람이긴 하지만 날카로운 지성과 강렬한 지식욕이 있다고 설명한다. 더욱이 그는 추문의 소식통 아닌가. 리뿌찐은 당장 진상을 알아보겠다고, 더불어 비밀을 엄수하리라 맹세한다.

○○○

78) 《악령》, 박혜경 옮김, 열린책들, 2020년

리뿌찐은 너무도 간단하게 맹세 따위 저버린다. 그는 알렉세이 닐리치란 남자를 대동하여 바르바라의 오래된 친구 스쩨빤 앞에 나타난다. 그러곤 바르바라가 자신을 불러 은밀하게 요청했다고, 자신에게 매달렸다고 떠벌린다. 그렇게 자신을 무시하면서 고귀한 인간인 척하더니 자신과 별다를 것 없다는 듯 말이다.

스쩨빤은 리뿌찐이 말하는 내용은 물론 그의 행위에 큰 충격을 받는다.

> "자네에게 주의를 주겠는데, 자네한테 비밀스럽게 털어놓은 이야기를 지금 모든 사람 앞에서……."

그의 말이 끝나기도 전 리뿌찐이 태연하게 말한다.

> "진짜 비밀스럽게 털어놓으셨지요! 만약 제가 그런 짓을 한다면 천벌을 받아도 좋습니다……. 하지만 여기서라면…… 무슨 일이 있겠습니까? 우리가 모르는 사람들입니까?"

그럼 남이지 혈연이란 말인가. 스쩨빤도 경악한다.

> "나는 그 의견에 동의하지 못하겠네. 여기 있는 우리 세 사람은 틀림없이 비밀을 지키겠지만, 네 번째인 자네는, 도저히 자네는 믿을 수가 없단 말이야."[79]

스쩨빤의 거부반응에도 불구하고 리뿌찐은 간단히 화제를 전환한다. 자신이 데려온 알렉세이 닐리치와 얼마 전 나누었던 대화를 끌어들인다. 알렉세이가 바르바라 아들을 두고 깊은 지성과 제대로 된 판단력을 지닌 동시에, 어딘가 이상한 점이 있었던 인물이라고 말했던 것. 대체로 입을 다물고 있는 남자 알렉세이가 몹시 불쾌해한다.

> "저는 그 이야기는 하지 않았으면 합니다. (…) 나는 자네의 권리에 문제 제기를 하고 싶네. 자네는 이 문제에서 나에 대한 아무런 권리도 가지고 있지 않아. 나는 결코 내 의견을 말한 적이 없네. (…) 제발

○○○

79) 위의 책

나를 끌어들이지 말게……. 그런 것은 전부 유언비어인 것 같군."[80]

권리에 문제 제기를 하고 싶다는 말, 결코 내 의견을 말한 적이 없다는 두 마디가 마음에 와닿았다. '구설수'라는 게 당사자와는 무관한 사람들이 당사자가 한 말의 일부를 가지고 생기지 않는가. 하지만 이번에도 리뿌찐은 구렁이 담 넘듯 그다음 화제로 넘어간다. 스따브로긴이 신분이 낮고 병약하며 신체적 결함이 있는 한 여자와 맺은 관계가 화제였다. 다시 한번 경악을 금치 못하는 스쩨빤 앞에서 리뿌찐은 이번에도 알렉세이를 보기 좋게 끌어들인다.

"나는 스파이인데도 아는 게 없지만, 알렉세이 닐리치는 숨겨진 진실을 모두 알고 있으면서도 아무 말 않고 있네요."[81]

마침내 떠벌이려는 자와 침묵하려는 자의 격렬한 논쟁이

○○○

80) 위의 책

81) 위의 책

이어진다. 리뿌찐은 바르바라의 환심을 살 만한 확증을 얻고자 지저분한 대화를 이끌고 있다지만 알렉세이는 아무 목적이 없었다. 바르바라의 아들을 욕함으로써 스트레스를 해소한다거나 리뿌찐과 유대감을 결속하려는 목적도 없이 불쾌한 상황에 처했고, 그는 자신이 그러한 대화를 할 권리가 없다고 여겼으며, 따라서 리뿌찐에게도 자신을 끌어들일 권리가 없다고 말한 것이다. 알렉세이가 분노의 일갈을 날린다. "비열하군, 자넨 정말 비열해!"

리뿌찐이 개의치 않고 스따브로긴의 만행과 은밀한 관계를 떠벌이자, 결국 알렉세이는 이 말을 남기고 뛰어나간다.

> "모든 것이 밝혀질 거야. 나는 더 이상 참을 수가 없군……. 비열한 짓이야……. 이제 그만하게, 그만해!"[82]

평범한 사람 대다수는 리뿌찐 같진 않다고 생각한다. 비밀을 부탁받은 얘길 하면서 아무 양심의 가책을 느끼지 않

---

82) 위의 책

는 사람, 타인을 비판하면서 마음이 편한 사람, 누군가의 약점을 이용하면서 자유로운 사람, 자신의 불온한 목적을 위해 타인을 태연하게 끌어들이는 사람이 주변에 널렸다고 생각하면 무서워서 못 산다.

그러나 평범한 사람도 리뿌찐처럼 선을 넘기는 아주 쉽다. 특히 한 조직 안에서 대다수가 이기적이고 공격적이라고 생각하는 사람을 두고 공감대를 형성하면 허구와 주관적인 감정이 개입되는 건 시간문제다. 가령 '그 인간 성격 더러워서 애인하고도 맨날 싸울 거야'란 말을 툭 내뱉게 되는 것이다. 고백한다. 나 역시 그런 유의 중상모략에 동조하거나 심지어 살을 보탠 적이 있다.

그렇다고 누군가 지금 내게 "넌 그럼 평생 남 얘기 1도 안 하고 살 수 있냐"고 묻는다면, 내 인격을 돌아보건대 불가능할 것 같다. 변명하자면 나 역시 부당한 상황에 계속 처해 온 인간이기에 자기방어 심리가 생기면 또다시 뒷담화 자리에 참여할 수 있다. 말하자면, 알렉세이 닐리치처럼 "당신은 정말 비열해"라고 말할 입장은 못 된다. 다만 선을 넘고 싶지는 않다고, 그러느니 침묵하겠다고 말하고 싶다. 동석한 누군가 그 침묵이 가식적이라 해도 고수하고 싶다. 선을 넘었던 지난날 나는 제법 오랫동안 자괴감에 시달렸기 때문이다.

고분고분한 사람이 카리스마를 발휘하는 법

"당신은 정말 카리스마가 있네요"라는 말을 들으면 기분이 어떨까?

어떻긴, 좋다. 카리스마가 뭔지 정확히는 모르겠지만 내가 꽤나 타인에게 호소된다는 뜻이니까 나라면 좋다. 물론 카리스마라 하면 자칫 폭력적 이미지가 떠오르기도 한다. 폭발적인 방법으로 감정을 표현하는 사람, 냉정하고 때론 잔혹한 사람, 목표를 위해서라면 수단 방법 안 가리는 사람. 한마디로 거칠고 독선적인 사람!

하지만 나는 카리스마를 단순하게 이렇게 정의하고 싶다. '남들보다 더 사회적 존재로 단단하게 자리 잡을 수 있는 능력.' 사람이라면 누구나 사회적 안정감을 원하게 마련이다.

여기서 더 나아간 사람이 몇 마디 말로 상대를 좌우하고, 등장하는 순간 다수의 이목을 집중시키고, 나의 선택과 생각에 따르게 만들고 싶어 하는 것 아닐까.

그렇게 되기가 쉬운 일은 아니다. 어원이 이를 잘 증명한다. 카리스마(charisma)의 어원인 그리스어 'kharisma'의 뜻은 '신의 은총'이라고 한다. 신이 무언가를 주어야 카리스마를 갖출 수 있단 말인데, 그만큼 갖추기 어려운 덕목이란 뜻이기도 하다.

그래서일까. 카리스마 장착 방법을 전수해 주는 책이 많다. 이런저런 자료를 찾아보니 거칠고 독선적인 이미지와 세트를 이룰 거란 선입견과 달리, 현대 사회에서 카리스마란 자신의 약점을 인정할 줄 알고, 정직하며, 타인의 말을 경청하며, 인내심을 가지고 어떤 일을 끝까지 해내며, 빠르게 판단하고 원활하게 소통하며, 약자를 하대하지 않는 공정함 등으로 설명된다. 거친 성향과 그럴듯한 언변술만으로 진정한 카리스마를 발휘하기 어렵다는 뜻이다. 그렇다면 희망이 생긴다. 노력하면 누구나 이런 카리스마를 발휘할 수 있을 것만 같다.

하지만 생각처럼 단순하지 않다. 이 모든 게 사실 굉장한 자신감이 있어야 가능하지 않을까? 만약 어원 그대로 신이 누군가에게 열정적인 기질에 더해 좋은 환경까지 주신다면 그렇지 않은 사람보다야 훨씬 큰 자신감을 가질 수밖에 없을 것이다.

도스토옙스키 장편《악령》에 신에게 이러한 은총을 받은 인물 하나가 나온다. 바르바라 뻬뜨로브나. 그녀는 자신이 사는 지역 상류사회의 주축이다. 좋은 귀족 집안에서 태어나 엄청난 부를 물려받았을 뿐 아니라, 발군의 추진력과 냉철한 판단력, 열정적인 기질까지 타고나 이 사람 저 사람이 그녀의 말 한마디라면 껌뻑 죽는다. 말 그대로 '카리스마 작렬'. 휴머니스트이기까지 해서 여러 사람을 식객으로 들여 넉넉한 생활을 하도록 거두어 주기도 한다. 약자를 하대하지 않는 공정함이 있는 셈인데, 그녀가 특별히 '애정'했던 약자는 수양딸 다샤(다리야)였다.

> 그녀는 조용하고 온순하며 희생할 줄 아는 성품이었고, 성실하고 대단히 겸손한 데다 보기 드물 정도로 사려 깊었으며, 중요한 것은 감사할 줄 안다는 점이었다. 아마도 지금까지 다샤는 부인의 모든 기대

> 에 부응해 왔을 것이다. "이 아이의 인생에서 실수는 없을 거야." 바르바라 뻬뜨로브나는 이 소녀가 열두 살이었을 때 이렇게 말했다. 부인은 (…) 밝게 빛나 보이는 사상이라면 무엇이든 완고하게 열정적으로 집착하는 성향이 있었으므로, 바로 다샤를 친딸처럼 양육하겠다고 결심했다.[83)]

카리스마 넘치는 바르바라는 다샤의 타고난 성품과 기품을 보고 그녀를 단번에 수양딸로 삼는다. 덕분에 다샤는 하녀 신분임에도 김나지움 선생에게까지 고급 과외를 받았다. 당시 상류층이라면 누구나 익혔을 법한 프랑스어를 익혔고, 피아노도 배웠다. 외모까지 출중해 과외 선생의 시선을 사로잡기도 했던 다샤는 바르바라 기준에서 보자면 그야말로 '오류가 없는 인생'이었다. 늘 자기 기대에 부응했던 이 '고분고분한' 아이가 그녀에게 큰 기쁨이 되었다는 데에는 의심이 없다. 다샤는 정말 훌륭한 수양딸이었다. 문제는 다샤가 바르바라에게 '훌륭한 수양딸'이지 '훌륭한 딸'은 아

○○○

83) 《악령》

니었다는 점이다.

바르바라에게는 스따브로긴이라는 문제적 아들이 하나 있었다. 그는 신사적이고 준수해 보이는 겉모습과 달리 실로 '깨는 행동'을 일삼는다. 지역 주요 인사의 귀를 물어뜯는가 하면, 공공장소에서 남의 부인에게 깊은 스킨십을 하고, 온갖 추문을 잔뜩 몰고 다닌다. 급기야 그가 미쳤다는 말까지 돈다. 바르바라는 애가 타고 속이 상해 죽을 지경이다. 그러던 중 그녀를 경악시키는 소문이 또 하나 들려온다. 다샤와 스따브로긴(니콜라)이 그렇고 그런 사이라는 것.

바르바라는 '멘붕'에 빠진다. 그러면서도 믿는다. 아니야, 아니야. 우리 다샤가 그럴 리 없어. 나를 실망시킨 적이 없는 우리 다샤가 절대 그런 오류를 일으킬 리 없지. 소설은 바르바라의 심정을 이렇게 묘사한다.

> 자신의 니콜라가 '다리야'……에게 이끌릴 수 있다는 생각을 도저히 용납할 수가 없었다.[84)]

○○○

84) 위의 책

저 말줄임표에 작가가 무엇을 담고 싶어 했는지 자못 궁금했지만 소설은 명확히 설명해 주지 않는다. 자신의 니콜라를 자신의 (수양딸이라곤 하지만 역시 하인에 불과한) 다샤와 다른 계층에 두고 생각했기 때문인지, 비록 수양딸이지만 남매끼리 그러면 안 된다 같은 이유였는지 알 수 없다. 다만 바르바라의 기막힌 계획과 그 계획을 다샤에게 전달하는 그녀의 태도에서 어느 정도는 짐작할 수 있다.

그 계획이란 바로, 다샤를 아버지뻘 중노인에게 시집보내기. 바르바라와 사랑과 우정 사이를 오가는 친구이자 식객, 다샤의 어릴 적 과외 선생인 중년 남자와 결혼시키기로 한 것이다. 함께 자수를 두는 척하면서 다샤를 떠보던 바르바라는 이 계획을 전달하면서 주저리주저리 온갖 말을 쏟기 시작한다.

> "잘 들어라, 다리야, 자기를 희생하는 것보다 더 큰 행복은 없단다. 게다가 너는 내게 큰 만족을 줄 것이고, 이 역시 중요하단다. (…) 하지만 전혀 강요하지는 않겠다. 모든 것은 네 의지에 달려 있고, 네가 말하는 대로 될 거다. (…) 무슨 말이든 해 보거

라!"[85]

다샤는 매우 간략하게 답한다. 반드시 결혼해야 한다면 하겠다고. 그러자 바르바라의 말은 더 길어진다. '반드시'가 뭘 암시하느냐는 말로 시작해 널 어떤 필요성에 의해 시집보내려는 게 아니라는 둥, 유산을 마련했다는 둥, 남편 될 사람은 이런저런 단점이 있지만 너를 경배할 거라는 둥. 다샤는 여전히 간단명료하게만 말한다. "이미 말씀드렸습니다, 바르바라 뻬뜨로브나."

나는 이 순간 바르바라를 감싸고 돌던 카리스마가 다샤에게 이동하는 것을 보았다. 때로 절제와 침묵은 큰 소리의 저항보다 강력한 힘을 발휘할 뿐 아니라 자신의 뜻을 날카롭게 전달하기도 한다. 바르바라는 분노한다.

> "이 바보 같은 것! (…) 배은망덕한 바보야! 머릿속엔 뭐가 들어 있는 거냐? 내가 이렇게까지 해서 너를 망치려 한다고 생각하는 거냐? (…) 내가 너에

○○○
85) 위의 책

게 해로운 일을 하지 않을 거라는 건 알고 있잖니? 혹시 그가 8천 루블 때문에 너를 데려간다거나, 내가 지금 너를 팔아 버린다고 생각하는 거니?? 바보, 천치, 너희는 모두 은혜를 모르는 바보들이야!"[86]

자신의 진심이 들킨 듯하자 바르바라는 바보, 배은망덕이란 말로 다샤를 몰아붙인다. 극도로 흥분하는 바르바라와 달리 다샤는 시종 차분함을 유지하며 필요한 말 외에는 전혀 하지 않는다.

바르바라가 원한 건 무엇이었을까. 평생 저를 거둬 주시고 좋은 교육을 받게 해 주셨는데 결혼시키는 것도 다 깊은 뜻이 있겠지요, 라든가, 당황스럽지만 당신의 뜻을 무조건 따르겠다든가, 정도 아니었을까. 하다못해 소문에 대해 해명하거나 사죄해서 자신을 안심시켜 주길 바라지 않았을까. 하지만 다샤는 "그래야 한다면 그러겠다"는 말 외에는 한마디도 하지 않음으로써 제가 느낀 불쾌함을 표현하고, 상대의 진심을 겨냥했다. 말하자면 이런 것이다. '역시 날

○○○
86) 위의 책

그저 아끼는 하녀로 대한 게 맞군요.'

물론 바르바라는 다샤를 사랑했다. 이미 오래전 그녀를 위한 유산과 연금을 준비했을 정도다. 하지만 정말 친자식으로 생각했다면 상대가 아무리 한때 괜찮은 지식인이었대도 도박 중독, 알코올중독, 빚쟁이 중노인과 결혼시키려는 생각은 하지 못했을 것이다. '희생'이니, 본인에게 만족을 주는 게 중요하다는 등의 폭력적인 말도 하지 못했을 것이다. 결국 다샤에 대한 애정은 시혜와 보답(오류 없는 고분고분한 인생)이라는 관계에서 비롯되었던 셈이다. 그러니 이 시집보내기 프로젝트는 하인 주제에 언감생심 내 아들과 그런 소문을 만들다니, 쪽에 더 취지가 있는 듯하다.

사실 다샤의 저항은 굉장히 소극적이었다. 바르바라가 밀어붙인다면 결혼도 기정사실이 될 터였다. 다만 다샤는 거짓을 말하진 않았고, 상대가 진심을 숨긴 채 자신을 조종하려는 것을 모르는 척하며 굽신거리지도 않았다. 이 정도의 저항이 약하다고 생각할 수 있겠지만 꼭 그렇지가 않다.

다샤에게 바르바라는 자신을 하녀 신분에서 상류사회로 진입시켜 준 은인이었다. 과거와 현재, 미래에까지 자기 인생이 평탄할지 아닐지 경제적 열쇠를 거머쥐고 있기도 했다. 그런 사람에게 당신은 비겁하다고, 당신의 진심은 모두 거짓이라고 표현하기가 쉬웠을까. 온갖 아첨과 칭찬에 익숙해졌던 지역사회 리더 바르바라가 다샤의 침묵과 정직함에 흥분해 바보, 배은망덕이란 말을 토해 내며 채신을 잃은 것도 당연했다. 그때 다샤는 '카리스마 작렬'이었으니 말이다.

누구나 카리스마를 갖추긴 어렵다. 재능과 주어진 환경이 부족하면 더욱 그렇다. 체제에 순응해 보통의 삶을 사는 것만으로도 벅차다. 더욱이 너도나도 카리스마 넘치는 사람투성이인 세상을 생각해 보라. 오, 생각만으로도 끔찍하다. 날마다 도처가 전쟁터를 방불케 할 테니 말이다.

다만 아무리 고분고분한 사람이라도 참을 수 없는 순간이 온다. 상대가 불순한 목적으로 나를 조종하려 들 때, 그 때문에 모욕감을 느낄 때 최소한의 저항은 필요하다. 그때 솔직함과 침묵에 기대어 보자. 생각보다 든든할 것이다.

이러쿵 저러쿵
어쩌고 저쩌고
너도 뭐라고 좀 해 봐!
...
미안...

까칠한 인간이 직장에서 살아남는 법

직장인이라면 한 번쯤 해고의 불안을 느낄 만하다. 이놈의 회사가 나를 자를지도 모르겠단 생각. 당연히 나도 그런 생각을 해 봤다. 이러다 백수 되겠군. 회사 경영이 어려울 때도 그랬지만 보통은 상사와 면담한 직후에 드는 생각이었다. 상사들은 나를 자주 못마땅해했다. 그럴 만했다. 상사와 나누는 업무적 대화에서는 마냥 '예스'라고 하지 못했다. 일부러 그런 적은 없으나 어느새 몹시 천진하게 아닌 건 아니라고 말해서 상대를 불편하게 했다. 그들에게 나는 일을 편하게 시킬 수 있는 사람이 아니었던 것 같다.

다행히 나만 그런 건 아닌 모양이다. 2012년 취업포털 '커리어'가 직장인 551명을 대상으로 설문 조사를 한 결과, 응

답자의 63.5퍼센트가 자신을 해고 대상으로 생각해 본 경험이 있다고 답했다. 가장 많은 비중을 차지한 첫째 이유는 역시 상사와의 마찰(43.4%)이었다. 아니 대체 551명 가지고 무슨 통계가 되겠느냐는 분들께, 글쎄, 직장 생활이 사실은 다 거기서 거기이므로 매우 타당성 있는 결론이라고 말씀드리고 싶다.

불행인지 다행인지 나는 한 번도 해고당한 적은 없었다. 15인 내외의 소규모 회사들에서 일했기에 한 사람만 빠져도 전체 일정에 문제가 생겨서였을 것이다. 이걸 '내가 우주의 중심이지' 마인드로 말하자면 회사 일정과 진행을 큰 탈 없이 소화해 냈다는 뜻이다. 상사들에게 자주 눈엣가시 신세가 되면서도 계속 일을 할 수 있었던 무기는 아무리 생각해도 그것뿐인 듯하다.

부조리함에 맞닥뜨릴 수밖에 없는 직장 생활에선 가진 돈이 많아 언제든 그만두겠다는 배짱, 스펙이 좋으니 뭐가 있어도 있을 것이라는 윗분들의 맹목적 믿음, 그도 아니면 상사의 마음을 사로잡을 만한 비위 맞추기 능력이나 끈끈한 인맥이 필요한데 이 중 한 가지도 없다면 믿을 거라곤 오로지 자기 업무 실력뿐이다.

이러한 이유로 내가 도스토옙스키 소설 《악령》에서 반한 또 하나의 인물이 있다면 아리나 쁘로호브나(마담 비르긴스까야)라는 산파다. 그녀는 소설에서 아주 적은 비중을 차지하지만, 평범한 주변 인물에 머물렀다면 강렬한 인상을 받지는 못했을 것이다.

> 마담 비르긴스까야는 산파 일을 하고 있었기 때문에 그것만으로도 사회 계층에서 가장 낮은 곳에 속해 있었으며, 남편의 장교직 관등에도 불구하고 사제의 아내보다 낮은 신분이었다. 하지만 그녀의 신분에 걸맞은 겸손함 같은 것은 전혀 찾아볼 수 없었다.[87)]

현대 사회에서 산부인과 종사자들의 위상과 중요성을 되새겨 본다면, 당대에 산파라는 직업이 왜 그렇게 낮은 신분에 위치했는지 참 억울한 일이다. 다만 출산에 수술이라는 처치가 도입되기 전 시대, 남편이 장교였던 데다 그러한 고

○○○

87) 《악령》

난도 직종에 있음에도 천대받는 인물이 아리나였다. 더욱이 아리나가 그 지역 개망나니와 그렇고 그런 관계를 맺었다는 소문이 퍼지면서 가장 관대한 부인들조차 심한 경멸을 보이며 그녀를 외면했다.

재미있는 점은 아리나의 태도였다. 그녀는 그러한 천대와 외면이야말로 자신에게 반드시 필요한 것이라는 듯이 받아들였다. 대신 아리나는 그런 세상의 편견에 맞추어 자신을 낮추지는 않았다. 겸손함이나 조심스러움 따위의 단어는 그녀의 인생에 없었다.

소설은 그녀가 가장 이름 있는 집에서 시술할 때도 예의범절을 깡그리 잊어버렸다고 말한다. 출산이라는 절박한 상황에 처한 산모가 보이는 종교적 표현까지 통렬하게 비웃어서 산모를 깜짝 놀래 주기도 했다. 흥미롭게도, 그녀가 일할 때 보이는 그러한 무례함과 불경함이 출산을 돕기 위한 계산된 행동이었다는 말까지 돌았다. 실제로 산모들은 너무 놀라서인지 성공적으로 출산했다.

아리나가 그렇게 거침없을 수 있었던 까닭은 무엇일까. 평소 그렇게 무시하다가도 출산할 때가 되면 지주 부인들까지 모셔 가느라 분주했을 만큼 자신이 실력자란 사실을 알았기 때문이다.

그 지역에는 산파가 셋이나 있었다. 그런데도 돈 좀 있고, 지체 좀 높은 이들의 집에선 출산 시 모두 아리나를 찾았다. 결국 아리나가 지닌 지식, 행운, 기민한 수완을 믿었다. 그녀가 가장 부유한 집에서만 시술을 하게 된 것도 놀라운 일이 아니게 되었다. 자연히, 아리나에게 부가 따랐다.

세상의 경멸과 천대를 '자신에게 꼭 필요한 것이라는 듯 받아들였다'는 소설의 설명을 나는 몇 번이나 다시 읽어 보았다. 아리나가 얼마나 재미있었으면! 도스토옙스키가 어떤 의도로 저런 말을 했는지 알 수 없으나 나는 아리나가 모순적 상황을 냉소하면서도 즐겼다는 의미로 읽었다.

'저것들이 나를 그렇게 무시하더니, 벌벌 기면서 결국 모셔 가는구나. 정말 가소로워! 좋아, 내가 가서 다른 산파는 절대 할 수 없는 실력으로 당신들의 아이를 잘 받아 내겠어. 그래. 더 벌벌 기어 보란 말이야!'

이런 심정 아니었을까. 나는 그녀가 현실주의자였다고 생각한다. 자신이 그런 불합리하고 부조리한 세상을 바꾸겠다는 거대한 사명감 따위 품지 않았다. 대신 실력으로 세상을 한껏 비웃었다.

물론 나는 내 일에서 아리나 같은 실력자는 아니었고 여전히 아니다. 그래서인지 여기저기서 날 모셔 가고 싶어 하지도 않았고, 자연히 부가 따르지도 않았다. 다만 보통 사람처럼 크고 작은 실수를 하며 나에게 맞는 노하우를 갖추게 되었다고는 할 수 있다. 즉 나는 '널 해고하는 것보단 고용하는 편이 그래도 남는 장사겠다' 정도의 인상을 심어 주었으리라는 면에서 아리나를 나와 동일시한다는 말이다.

누군가에게 노동력을 제공하고 밥 벌어 먹고산다는 건 끝없는 일과 수많은 사람, 그것들이 얽혀서 만들어 내는 복잡다단하고 때로는 부당한 상황에 직면한다는 뜻이기도 하다. 그런 상황에서 만약 당신이 상사 비위도 못 맞추고, 인맥도 스펙도 없으며, 당장 그만둘 경제적 여력도 없는 데다 회사를 차릴 배포는 없는데 까칠하기까지 하다면 별수 없다. 재가 성격은 더러워도 맡은 일은 제법 해낸다는 걸 증명해야 한다.

굳이 아리나처럼 냉소까지 날리면서 큰 부를 축적하고 싶다면 각오해야겠다. 발군의 실력자가 돼야 할 테니. 자, 까칠한 인간들이여, 우리 모두 서로에게 건투를 빌어 주자.

도 대리,
그걸 어쩌지…
부장!
내 손 안에
있소이다!

가족같이 생각한다는 말

지금은 집밥으로 유명한 배우 김수미가 2005년 한 티브이 시트콤에서 부른 노래가 있다. 제목부터 웃기다. 〈젠틀맨이다〉. 가사 내용은 더 재밌다. 공부 잘해서 취직한 너만 잘났느냐, 백수지만 꿈 많은 나도 잘났다, 부자라서 양주 마시는 너만 잘났느냐, 가난해서 소주 먹는 나도 잘났다…… 이런 아주 서민적인 내용이다. '젠, 젠, 젠 젠틀맨이다'란 후렴구는 꽤나 유행이었다. 하지만 당시 나는 '와, 세상에 저렇게 아름답지 않은 노래가 다 있다니, '일용 엄니'는 왜 굳이 저런 노래를 부르나' 싶었는데 이제 와 보니 사회 평등을 부르짖는 매우 의식 있는 노래였다.

현대 사회에서 '젠틀맨'이라고 하면 사람들은 흔히 말끔

한 옷차림, 자신감, 지적이면서도 정중한 태도, 훌륭한 인성을 지닌 남성을 떠올리지만 사실 이 말의 어원은 조금 다르다. 계급사회로 유지되던 중세 영국에서 귀족 중에서도 가장 낮은 계급인 젠트리 계층의 남성을 지칭했던 말이 젠틀맨이기 때문이다. 제인 오스틴의 소설 《오만과 편견》의 주인공 가문이 바로 젠트리였다.

하지만 젠트리도 귀족은 귀족이었기에 계급과 돈이 그들의 삶을 지탱해 주는 중요 가치이자 기반이었다. 귀족 가문에서 태어나 좋은 교육을 받고, 상속받은 재산이 많아 생계 노동 따위 할 필요가 없다면 사이코패스가 아닌 이상 뛰어난 인성을 갖추기도 쉬운 법이다. 말하자면, 비록 낮은 귀족 계급이긴 해도 젠틀맨은 계급과 돈을 기반으로 누구나 선망하는 '신사'가 될 수 있었다.

따라서 김수미 노래 〈젠틀맨이다〉는 대단히 혁명적이었던 셈이다. 돈이 없어도 젠틀맨이 될 수 있다는, 시쳇말로 "우리가 돈이 없지 가오가 없냐"의 2005년식 버전이랄까. 하지만 돈도 없고 가오도 없는 젠틀맨이 있기는 하다. 과연 젠틀맨이라고 칭해도 될까 걱정되지만 도스토옙스키는 이 남자를 엄연히 '신사'라고 칭하고 있다.

이 신사는 끊임없이 돈을 빌렸다. 다시 말하자면 그는 사람들이 자신의 의견에 대해 얼굴을 찌푸리며 한껏 조롱하게 만든 다음에, 그러한 비웃음거리를 제공한 대가로 어떤 식으로든지 돈을 빌릴 수 있는 권리를 갖게 되었다고 생각하는 것이었다.[88)]

단편 〈뾸준꼬프〉의 주인공 오시프 미하일리치는 자기 비하를 일삼고, 자신을 불안해했으며, 이 때문에 조롱과 연민을 자아냈다. 아이러니한 점은 이 사람의 외모나 태도는 신사라 칭해도 어색하지 않았다는 점이다. 외향은 여느 신사처럼 준수했지만 내면은 그렇지 않았기 때문에 그는 더욱 비웃음을 사게 되었다.

어쩌다 이 남자, 오시프 미하일리치는 이렇게 되었을까. 소설의 내용으로 짐작하자면 가정환경의 불우함을 들 수 있다. 그의 가족이라곤 시각, 청각, 언어, 지적 장애인인 할머니뿐이었고 그나마도 이제는 돌아가셨다. 그가 안정적 보살핌 속에서 성장했다거나 그렇게 살고 있다고 볼 만한 여

○○○
88) 《백야 외》, 이명현 옮김, 열린책들, 2010년

지는 전혀 없다. 더욱이 가난하다. 19세기로서는 결코 젊지 않은 서른 살의 이 남자는 결혼은 언감생심 꿈도 꾸지 못할 정도로 가진 게 없는데, 그 와중에 뭐 때문인지 끊임없이 돈을 빌리러 다닌다.

이토록 변변치 못한 남자에게 그의 직장 상사 7등관 페도세이 니끌라이치는 남다른 존재다. 오시프는 자신이 그의 집에서 '거의' 친아들이나 마찬가지라고 믿는다. 소설의 이후 내용으로 보건대 페도세이 가족 전체가 그에게 혈육, 친아들, 가족이라고 말하며 온갖 뒤치다꺼리를 다 시켰다고 짐작할 수 있다.

물론 이들의 관계는 어긋난다. 소설은 이 어긋남의 계기를 명확하게 설명하지는 않지만, 어느 날 웬 장교 하나가 나타나 자신보다 훨씬 더 확고하게 페도세이 집안에 자리를 잡았을 뿐 아니라 평소 맘에 두었던 그 집 딸과 '썸'도 탄다. 오시프는 '거의 친아들'이란 위치가 위태로워졌다고 생각해 심각한 배신감을 느꼈던 듯싶다.

그가 장교의 등장 이후 페도세이에게 애정을 갈구하는 대사를 읽다 보면 민망한 나머지 그의 팔을 붙잡고 어서 데리고 나오고 싶은 심정이 든다.

"이러저러해서 말씀드리겠는데요, 페도세이 니꼴라이치, 당신은 어째서 저에게 모욕을 주시는 겁니까! 저는 어느 정도는 이미 당신의 자식이나 마찬가지 아닙니까……. 저는 당신에게서 아버지로서의, 아버지로서의 애정을 간절히 원하고 있습니다."[89]

페도세이는 잇속에 밝은 능구렁이 중년이었다. 그는 오시프의 이 같은 원망을 이렇게 저렇게 빠져나간다. 오시프는 결국 그를 밀고하기로 결심한다. 그의 손안에 중요한 서류뭉치가 들려 있었기 때문이다. 그것이 누군가에게 전해지기라도 한다면 페도세이에게 굉장히 좋지 않은 상황이 펼쳐질 물건이었다. 페도세이는 깜짝 놀라, 오시프에게 큰돈을 건네기도 하고 설득도 해 보지만 밀고하겠다는 오시프의 생각이 꺾이지 않는다. 결국 페도세이가 최후의 카드를 꺼낸다.

"오랫동안 우리 집안의 친지였으며, 친아들이나 마찬가지였다고 해도 과언이 아닌 자네가, 그러나 하

○○○

89) 위의 책

늘의 뜻을 누가 알겠는가마는, 오시프 미하일리치! 그런데 갑자기 밀고를, 밀고를 하겠다니, 그것도 바로 지금! 이 일이 있은 후 자네가 사람들을 보면서 과연 무슨 생각을 할 수 있겠는가, 오시프 미하일리치?"90)

안타깝게도 오시프는 쉬운 남자였다. 가족도 없이 거의 빈털터리로 사는 이 남자에게 '친아들이나 마찬가지'란 말은 대단히 큰 힘을 발휘한다. 더욱이 페도세이는 부인과 딸에게로 그를 데려가 마음을 다시 한번 뒤흔든다. 부인은 혈육과 같은 마음에서 너를 위해 큰 소리로 기도를 했다고 말한다. 딸도 악기를 연주하며 파티 분위기를 연출한다. 그들은 화해의 눈물을 흘린다. 오시프는 페도세이 품에 안겨 말한다. "당신은 내 은인이시며, 친아버지나 다름없으십니다!" 그러곤 소리 내어 펑펑 운다.

귀가한 오시프는 다시 희망을 건다. 수중에 들어온 돈도 있겠다, 서로 간의 관계도 회복했겠다, 그 장교도 떠났겠다,

○○○

90) 위의 책

그 집 딸과 결혼할 수 있으리란 희망에 젖는다.

오시프는 너무도 순진했다. 그는 순식간에 페도세이 간교에 넘어가 거래로 받았던 돈도 잃고, 그 집안과 영원히 절교당한다. 혈육, 가족, 친아들, 친아버지 같은 단어는 그 가족에게 하나의 수단이었을 뿐, 이들의 관계는 오시프에게 커다란 배신감과 절망을 안겨 주며 막을 내린다.

착잡했다. 아무리 19세기라도 그렇지 '친지나 마찬가지', '거의 친아들', '자식이나 마찬가지'란 말에 그렇게 쉽게 현혹되기냐? 어후, 넌 '벨'도 없냐?

그리 오래전도 아니다. 내가 첫 직장 생활을 시작할 무렵한 중소기업은 구인 공고에 '가족 같은 분위기'를 매력 포인트로 제시했다. 처음엔 나도 그게 좋은 말인 줄 알았다. 사회생활이란 아주 어려운 것이라던데 정말 가족 같은 분위기라면 숨 좀 쉴 수 있지 않을까?

오래지 않아 깨달았다. 그런 카피를 내세우는 회사들치고 주먹구구식 운영과 부당한 처우를 하지 않는 곳이 없었다. 작은 규모가 주는 약소 이미지를 극복하기 위한 카피였겠지만, 약소할수록 더 합리적이고 효율적인 체계가 필요한

망했다….
가족 같은 회사
가부장의 극치를 달리는
아버지 같은 부장
드라마 속
시어머니 같은
차장
술이랑 게임밖에
모르는 남동생
같은 대리
불만 많은
이모 같은 과장
속없는 막내
엑셀요?

법인데 그건 애석하게도 피고용자 생각일 뿐이었다.

여전히 기업의 대표나 상사, 정치인, 대학교수처럼 높은 사회적 지위를 지닌 이들은 젊은 부하 직원이나 관계자 들을 '딸'처럼 생각해 신체 접촉을 시도하기도 하고, '자식'처럼 생각해 업무 외 감정적 육체적 노동을 부여하기도 한다. 난데없이 새로운 부모를 얻은 이들 중 상당수는 이미 진짜 혈육을 책임지느라 고군분투하고 있는데 말이다.

나는 어느 순간 사적인 관계에서도 '가족같이 생각한단 말'을 대단히 불신하는 사람이 되었다. 세상에는 정말 자매 같은 친구도 있고, 형제보다 더 형제 같은 '브로'들도 있을 것이다. 그들은 정말 대가 없이 상대에게 뭐든 주고 싶어 하기도 할 것이다. 하지만 가족같이 생각한다는 이유로 상대에게 부담을 주는 이들이 더 많을 거라고 생각한다. 부당한 요구를 아무렇지도 않다는 듯 강요하고, 자신을 위해 희생할 것을 요구하고 있지 않을까?

더욱이 진짜 가족도 구성원 한 사람에게 희생을 씌운다면 살인, 폭행 등으로 9시 뉴스 헤드라인에 오를 수 있다. 친구는 친구로서, 동료는 동료로서, 상사는 상사로서, 가족은 가족으로서 구는 것이 가장 좋다고 생각한다. 굳이 가족

같이 생각 안 해도 서로를 배려하고 각자 역할에 충실하다면 사려 깊은 우정이, 끈끈한 동료애와 애사심과 존경심이 생겨난다.

그런 의미에서 나는 오시프가 김수미의 노래 〈젠틀맨이다〉의 그런 젠틀맨이었다면 얼마나 좋았을까 싶었다. '거의 혈육' 운운하는 상사에게 매달리는 대신 비리를 고발하고 고독하게 산다면 그나마 '돈은 없지만 가오는 있는 이들'의 공감이라도 얻을 수 있지 않았을까. 그도 아니면 차라리 상사의 비리를 이용해 한몫 단단히 챙기고 그 한몫을 바탕으로 선망의 젠틀맨이 되었다면 좋지 않았을까.

멋있게 나이 든다는 것

오래전 어느 날, 나의 할머니는 논두렁을 걸으며 이런 말씀을 하셨다.

"사는 게 너무 구찮여."

돌아가신 뒤에도 오래도록 그 말이 기억에 남았다. 살기 싫다도 아니고, 인생이 지루하다도 아니고, 사는 게 귀찮다니, 그건 또 어떤 경지일까. 정말 산다는 건 뭘까? 인생이란 무엇일까?

누군가 지금의 내게 이런 질문을 던진다면 이렇게 답하겠다. 나와 상관없다고 생각했던 일이 나와 무척 상관있는 일이란 걸 알아가는 과정 같다고 말이다. 가령 이런 것이다. 길 가다 싱크홀에 빠질 수 있다. 파란불에 횡단보도를 건너

다가 차에 치일 수 있다. 깊은 밤, 내 침대에서 곤히 자다가 괴한의 습격을 받을 수 있다. 열심히 모은 돈을 보이스 피싱으로 날릴 수 있다. 가족, 친구, 연인 등 절대 그럴 리 없으리라 믿었던 사람에게 배신당할 수 있다.

어둠의 자식도 아니고, 어째서 이렇게 '다크'한 일만 예로 드느냐고 할 만도 하지만, 인간의 심리란 행운보다 불운이 자신과 상관없다고 생각하는 경향이 강하다고 하니 나의 이런 생각이 꼭 잘못되지 않았을 것이다. 로또를 사면서도 자신이 당첨될 거란 헛된 희망을 품는 존재가 사람이니 말이다.

따라서 어두운 일들이 내게도 일어날 수도 있단 걸 받아들이는 것, 그중 가장 무난한 사례 '나이를 먹는다는 것' 정도를 나와 상관없는 줄 알았는데 무척 상관있는 일들 중 하나로 꼽고 싶다. 머리로는 누구나 알지만 감정적으로는 무척 받아들이기 힘들어하는 사실, 나이 듦.

가장 먼저 감지되는 변화는 아무래도 신체적인 것이다. 몸의 탄력과 근육이 사라져 중력에 순응한다. 온몸에 깊은 주름이 새겨진다. 전이랑 똑같이 먹는데도 자꾸 살이 찐다. 얼굴에 검버섯으로 의심되는 착색이 발생한다. 체력이 급감

해 거뜬히 해내던 일도 힘들다.

다음으론 사회적 변화다. 경제적 능력을 잃고 여러 가지 성취감을 잃는다. 내 마음은 아직 청년인데 젊은 세대에게 꼰대 및 뒷방 노인네 취급받는다. 급격한 시대 변화를 따라가기가 어렵다.

그다음은 위 두 가지로 인해 생긴 내적 변화다. 가족에게도, 사회에서도 쓸모없는 존재라는 생각이 든다. 더 이상 참신하고 혁신적인 발상을 하지 못하는 듯해 낙오자인 것만 같다. 지난 전성기를 떠올리자니 더욱 비참하다. 자신을 퇴물 취급하는 젊은 세대와 이 사회에 화가 난다.

나는 불과 몇 년 전까지만 해도 이 모든 게 나와 큰 상관이 없는 일이라고 생각했다. 게다 내 친구들은 나더러 동안이랬지? 이히히히히. 물론 알고는 있었다. 누구나 나이가 들지. 나도 나이가 들지. 벌써 학생 신분이 아닌 지는 꽤 되었잖아.

다만 그건 말 그대로 머리로만 아는 것이었다. 실감하기 시작한 건 그 뒤로도 한참 뒤였다. 짐승처럼 먹고 자기만 해 몸에 장착돼 있던 근육이 사라지기 시작했고, 직장에서는 위에서도 아래에서도 다소 부담스러워할 만한 나이가 되었으며, 그러자 불안감이 새록새록 꿈틀대 역시 나와 아주 상관있을 법한 '로또 당첨'에 연연하는가 하면 갑자기 아침에 일찍 일어나 근력 강화를 위한 요가를 하기도 한다.

물론 로또에 당첨된다면 대단히 기쁠 테고, 근력 강화 운동을 통해서 몸에 탄력이 생기면 좋겠지만 역시 거스를 수는 없다. 나는 나이를 먹어 가고 있으며, 이젠 신체적으로, 사회적으로 그 사실이 드러나고 있다. 나는 이 엄연한 현실을 더욱 받아들여야 하는 상황에 처할 게 분명하다.

그렇다면, 그렇다면 나는 좀 멋있게 나이가 들고 싶어졌다. 멋있게 나이가 든다는 건 어떤 걸까? 단순히 입은 닫고 지갑만 열면 되는 걸까? 나는 그 모범이 될 만한 인물을 도스토옙스키 장편 《노름꾼》에서 발견했다.

이 소설의 주요 인물들은 퇴역 장군, 그의 가족, 그 가족의 관계자들 그리고 장군네 가정교사인 주인공(알렉세이)이다. 장군은 한 프랑스인 후작에게 모든 재산을 저당 잡혀 있고, 후작의 사촌 블랑슈라는 여자와 결혼하기 위해 이제나 저제나 친척 할머니가 돌아가시기만을 기다리고 있다. 유산을 받아야 빚도 청산하고, 부와 명예를 추구하는 블랑슈와 결혼할 수 있다. 상황이 얼마나 절박했는지, 독일 룰레

텐부르크라는 도시의 고급 호텔에 머물면서 날이면 날마다 러시아 뻬쩨르부르그로 전보를 보낸다. 병환 중에 있다는 그 노인네가 죽었다는 소식을 듣고 싶어서다.

날이 흘러간다. 이틀 뒤 돌아가실 것 같다는 전보가 온다. 하지만 돌아가셨다는 전보는 아니다. 장군의 불안이 불어 가던 중 75세의 안또니다 바실리예브 따레세비체바, 피도 눈물도 없다고 소문난 그 할머니가 직접 독일로 날아온다. 비록 걷지는 못해 안락의자에 앉은 채 옮겨지고 있지만, 제법 건강한 모습으로 말이다. 건강하다뿐이랴. 불 같은 성미에 독선적이고 기운이 펄펄 넘치는 그녀는 꼿꼿한 자세로 앉아서 명령하듯이 소리를 지르고 또 누구에게는 욕을 퍼붓는다.

그녀가 주위 이목을 끄는 주요 원인은 안락의자에 앉은 채 옮겨지고 있으면서도 위압적인 모습을 유지하고 있었기 때문이다. 새로운 얼굴과 마주칠 때마다 호기심에 가득 차 그 사람을 뚫어져라 보았고, 그들이 어떤 사람들인지 주인공에게 꼬치꼬치 캐묻는다. 몸집도 키도 굉장히 큰 이 할머니는 안락의자에 기대지도 않은 채 꼿꼿하게 허리를 세워 앉아 생기 있는 얼굴로 주위를 장악하고 있었다.

마침내 조카와 마주한다. 자신의 죽음을 오매불망 기다리던 그 조카는 할머니에게 어떻게 오셨느냐고 묻는다. 할머니는 가소롭다는 듯 말한다.

"뭐가 어떻게야? 기차를 타고 왔지. 철도는 왜 있겠어? 너희들은 내가 뒈져 버리고 유산을 남겼을 것이라고 생각했지? 난 자네가 이곳에서 전보들을 보냈다는 사실을 알고 있네. 이곳에서 전보를 보내려면 돈이 꽤 들 텐데, 자네 그 돈을 대느라 고생했겠구만. 어쨌든 내가 부리나케 달려왔잖은가."[91]

그러고는 장군 옆에 붙어서 그를 피폐하게 만들고 있는 프랑스인 후작과 블랑슈 양의 본질을 꿰뚫는다. 할머니는 그들을 믿지 않는다. 한심하고 괘씸한 장군에게도 절대 유산을 주지 않겠다고 선언한다. 대신 장군과 그 일당에 의해 피해를 입고 있는 사람들에게 마음을 쓰기 시작한다. 후작에게 마음을 빼앗긴 장군의 양녀, 장군의 양녀를 짝사랑하

○○○

91) 《노름꾼》

는 영국 신사에게 다정하게 대하고, 특히 장군에게 하인 취급 받고 있었던 주인공에게 더할 나위 없이 친절하다. 장군이 가정교사를 홀대하고 내쫓았단 사실을 알고는 꾸짖기까지 한다.

> "자네는 자기 집 선생님이 그런 대접을 받게 내버려 뒀단 말이야?"[92]

자신의 지인에게 무례하게 굴었다는 이유로, 그 지인의 요청에 따라 주인공을 해고해 버렸던 장군은 질책을 당한다. 할머니의 덕망은 여기서 그치지 않는다. 그녀는 여행객답게 관광을 하기로 한다. 유명한 룰렛 도박장부터 이런저런 명소를 두루 보러 가기로 한 것. 신이 난 할머니가 하녀에게 같이 가자고 말한다. 그러자 장군은 만류한다. "뭣 하러 저 애까지 데리고 간단 말입니까, 아주머니? 그럴 수는 없습니다." 이에 할머니 말씀이 걸작이다.

○○○

92) 위의 책

"에이, 헛소리 말아! 저 아이가 하녀라고 해서 내버려 두고 간단 말이냐! 똑같이 살아 있는 사람이야. 벌써 2주째 이리저리 쫓아다니느라 고생을 했으니 가서 구경하고 싶은 것은 매한가지 아니냔 말이야. 내가 아니면 누구하고 같이 가겠어? 혼자서는 감히 길거리에 얼굴도 못 내밀 거라고."[93]

"똑같이 살아 있는 사람이야"라니, 이 할머니에게 반하지 않고는 배길 수가 없었다. 물론 할머니의 언행은 거칠고 무례한 면이 있다. 누군가는 불편해할 만한 타입이다. 하지만 한 가지만은 확실하다. 할머니는 사기꾼들과 진짜배기를 구분하는 직관이 있었으며, 소외된 이들, 정중하고 정직한 이들을 따뜻한 시선으로 볼 줄 알았다.

이후 룰렛 도박장으로 간 할머니는 순식간에 엄청난 재산을 탕진한다. 장군은 그런 할머니를 만류하지 못해 거의 실신할 지경에까지 이르며, 프랑스인 후작과 블랑슈는 장군이 유산을 받지 못하겠다는 판단하에 그를 떠나 버린다.

○○○

93) 위의 책

나는 내심 할머니가 도박장에서도 엄청난 실력을 발휘하길 바랐는데 그건 판타지적 욕심이었고, 계속해서 돈을 잃는 그녀를 보자니 재산을 탕진하는 것마저 훌륭해 보였다. 한심한 자손에게 물려주느니 하룻밤 유희거리로 탕진하는 편이 더 의미 있지 않았을까? 노환에 시달리는 이 노인이, 주변에 있는 사람들이라곤 자기 재산만 노리는 사기꾼투성이인 이 노인이 그 누구도 선사하지 못했던 전율과 흥분을 생애 마지막에 느낄 수 있었던 것도 큰 의미가 있지 않을까?

설령 내가 찬탄해 마지않는 할머니의 이 모든 면이 그녀의 막대한 부가 있기에 가능한 것이었대도, 역시 멋진 건 멋진 거였다. 큰 부를 거머쥐고 있다 해서 누구나 그녀처럼 뛰어난 직관이 있지도, 노년에까지 압도적이지도, 소외된 이들을 진심으로 챙기지도 않는다. 그녀 역시 논두렁에서 뒷짐 지고 걷던 나의 할머니처럼 그 안락의자에 앉아 옮겨지면서 혼잣말을 했을지도 모른다. "사는 게 귀찮여. 그래도 내가 그렇게 쉽게 죽어 줄 줄 알고!"

나도 그렇게 늙고 싶다. 때로는 삶을 귀찮아하면서, 그러면서도 열정을 잃지 않고 나 자신을 일으켜 세우고, 주변을 섬세하게 챙기면서, 기왕이면 그렇게.

에휴, 사는 게
너무 구찮여—
저건 또
어떤 결시일까.
컹 컹

그래서 도스토옙스키

짐짓 철학자인 양 물어본다. 삶의 의미란 무엇일까?

이 질문의 답을 찾는 방법은 여러 가지겠지만, 고전문학 탐독도 그중 하나라고 불특정 다수의 스승이 말했다. 이유가 뭘까? 예로부터 훌륭하고 가치 있다고 칭송받아 온 문학 작품이니 그 속에 철학적 메시지가 없을 리 없으니까? 고상하고 우아하고 품격 있고 여하튼 세상의 좋은 많은 것이 고전문학 속에 꽃피고 있으니까?

아니다, 전부 아니다. 나는 확신한다. 고전문학에는 신파와 막장이 있기 때문이다. 조금 있는 것도 아니고 득실득실하기 때문이다. 고전 속엔 일일 드라마 뺨치는 소재가 난무한다. 치정, 재산 다툼, 출생의 비밀, 살인, 존속 범죄, 정신

이상, 도박 중독, 극한의 가난, 자살이 추운 계절의 동백꽃처럼 피어나 있다. 도스토옙스키를 읽는 동안, 나는 고전이야말로 막장 드라마의 기원이었구나 싶었다. 어디 도스토옙스키뿐일까. 그 유명한 《햄릿》이, 《마담 보바리》와 《안나 카레니나》가, 《폭풍의 언덕》이 막장이 아니면 무엇일까.

철학도 문학도 공부하지 않았지만 알 수 있다. 삶의 많은 순간이 막장으로 이루어져 있으며, 이 막장에 우리가 그토록 궁금해하는 인생의 진짜 얼굴이 숨어 있다는 사실을. 품격 있고, 아름답고, 따뜻한 순간은 마구 달리는 막장 열차가 드물게 정차하는 기차역 같은 것일 뿐이다. 그러지 않고서야 천하의 도스토옙스키 소설에 이렇게까지 콩가루가 흩

날릴 순 없지 않을까.

그래서, 위로가 되었다.

아, 예로부터 인간이란 이렇게 비루하고 남루해서 삶의 의미를 잃기도 했겠구나.

이렇게 가족, 친구, 동료와 불화하고 충동적으로 일을 저지르면서 자괴했구나.

누군가를 죽일 듯이 증오하고 욕망에 눈이 멀어 도의를 저버리기도 했구나.

인간이란 존재가 원체 이렇게 생겨 먹은 걸, 나인들 어쩌겠어. 최선을 다해도 누구나 형편없는 상황에 처할 때가 있는 건 삶의 이치인지도 몰라.

이 글을 쓰기 시작했을 무렵이 그랬다고 말할 수 있다. 비록 치정도, 도박 중독도, 출생의 비밀도 아닌 흔한 퇴사에 불과했지만 그 사건엔 삶의 부조리함이 응축돼 있었고, 나는 남루해진 감정을 가눌 길이 없어서 이 모든 감정보다 훨씬 큰 분노와 좌절과 절망으로 꿈틀거리는 도스토옙스키를 읽기 시작했다.

좋은 선택이었다.

읽고 쓰면서 나는 나아지고 있었다. 소설 속 이야기와 인물들을 통해 웃고, 괴로워하고, 어이없어하고, 문장들에 밑줄을 긋는 동안 성실히 시간이 흘렀다. 밑줄 위에는 주인공이 내뱉는 절망의 탄식이, 상대를 향한 날카로운 언어가, 무릎을 탁 치게 만드는 명언이, 타이름과 위로의 대화가 꿈틀대고 있었다. 그 문장들과 나는 함께 탄식하고, 쏘아붙이고, 고개를 끄덕이는가 하면 위안을 얻었다. 고전문학이 지금도 권장되는 이유는 '고전'이라는 이름에 걸맞은 고아한 이야기와 좋은 문장들이 있기 때문이 아닌, 지금 나의 삶과 매우 닮은 이야기가 대단히 설득력 있는 인물과 서사로 살아 숨 쉬기 때문일 것이다.

물론 모두에게 이런 옛 소설이 설득력 있고 재미있으리란 뜻은 아니다. 세상에 재미있는 게 얼마나 많은데 고전이 필수라고 강요할 수 있을까. 더욱이 나는 문학 전문가도 아닌 순수한 독자로서 이 글을 썼기에 고전문학의 가치를, 더욱이 남의 나라 고전의 가치를 전문적으로 논할 수도 없다.

다만, 저마다 어려움을 극복하는 방법이 있을 터인데, 나에게는 그것이 도스토옙스키의 소설을 읽는 시간이었고, 꽤나 효과적이었다고 말하고 싶다. 알고 보니, 200년 전 유럽 동부 대륙의 사람들도 막장의 달인들이었다고, 우리 삶이 아름답지 않은 순간에 직면할 때 사실 우리와 전혀 상관없을 법한 그 사람들도 그리 다르지 않은 삶을 살았다고, 그 와중에 추운 계절의 동백꽃처럼 자신만의 삶의 의미를 꽃피웠다고, 그렇게 말하고 싶다.

도 대리, 퇴근하고
이 서류 좀 봐 줄 수 있어?

인용 문헌

〈가난한 사람들〉, 《분신, 가난한 사람들》, 석영중 옮김, 열린책들, 2007년
《까라마조프 씨네 형제들》, 이대우 옮김, 열린책들, 2009년
《노름꾼》, 이재필 옮김, 열린책들, 2010년
《미성년》, 이상룡 옮김, 열린책들, 2010년
〈백야〉, 《백야 외》, 석영중 옮김, 열린책들, 2010년
《백치》, 김근식 옮김, 열린책들, 2009년
〈뽈준꼬프〉, 《백야 외》, 이명현 옮김, 열린책들, 2010년
《스쩨빤치꼬보 마을 사람들》, 변현태 옮김, 열린책들, 2010년
〈악몽 같은 이야기〉, 《노름꾼 외》, 심성보 옮김, 열린책들, 2007년(절판)
《악령》, 박혜경 옮김, 열린책들, 2020년
〈약한 마음〉, 《백야 외》, 홍지인 옮김, 열린책들, 2010년
《죄와 벌》, 홍대화 옮김, 열린책들, 2009년

어느 날 그의 책이 날 건지러 왔다

난데없이 도스토옙스키

1판 1쇄 인쇄 2020년 2월 20일
1판 1쇄 발행 2020년 3월 5일

지은이 도제희
펴낸이 김성구

기획 임선아 | **책임편집** 송은하 | **디자인** 김선미
마케팅 최윤호 나길훈 김민지 | **제작** 신태섭 | **관리** 노신영

펴낸곳 (주)샘터사 | **등록** 2001년 10월 15일 제1-2923호
주소 서울 종로구 창경궁로35길 26 2층(03076)
전화 02-763-8963(편집부) 02-763-8966(마케팅부)
팩스 02-3672-1873 | **이메일** kidsbook@isamtoh.com | **홈페이지** www.isamtoh.com

ISBN 978-89-464-7312-6 03810

이 도서의 국립중앙도서관 출판예정도서목록(CIP)은 서지정보유통지원시스템 홈페이지(http://seoji.nl.go.kr)와 국가자료종합목록 구축시스템(http://kolis-net.nl.go.kr)에서 이용하실 수 있습니다. (CIP제어번호 : CIP2020004936)

※값은 뒤표지에 있습니다.
※잘못 만들어진 책은 구입처에서 교환해 드립니다.